WIEN | ZINSDORF

EVELYN STEINTHALER

DAS MÄDCHEN UND DER UMHANG

BAHOE BOOKS

Evelyn Steinthaler
Das Mädchen und der Umhang

Titelbild: Štefan Galič

1. Auflage

ISBN 978-3-903290-67-9

bahoe books
Fischerstiege 4-8/2/3
A-1010 Wien

bahoebooks.net

NATIONALFONDS
DER REPUBLIK ÖSTERREICH FÜR OPFER DES NATIONALSOZIALISMUS

AK Oberösterreich
Stadt Wien Kultur
ZukunftsFonds der Republik Österreich

Prolog

Katja Sturm-Schnabl sitzt in einem breiten, cremeweißen Lehnstuhl. Im Fernsehstudio, und nicht auf der großen Bühne am Wiener Heldenplatz. Ursprünglich hätte sie an diesem geschichtsträchtigen Ort die Festrede am Tag der Freude halten sollen. Ursprünglich lag vor dem Ausbruch der Pandemie.

Alles, was sie hier vor der laufenden Kamera sagt, wird ein paar Wochen später im österreichischen Fernsehen ausgestrahlt, am 8. Mai 2021, dem 76. Jahrestag der Kapitulation Nazideutschlands. Am Tag der Freude, dem 76. Jahrestag der Befreiung.

Sturm-Schnabls persönlicher 8. Mai 1945 war aber nicht einfach nur der Tag der Kapitulation Nazideutschlands, sondern auch der Tag, an dem die Amerikaner das Zwangsarbeitslager im fränkischen Eichstätt befreiten. Endlich war sie kein Lagerkind mehr. Drei Jahre war sie dort mit all den anderen «Ausgesiedelten» als Gefangene inhaftiert, drei Jahre hat sie gelitten und gehofft. Als die Amerikaner endlich über die westliche Einfallsstraße nach Eichstätt kamen, konnte Katja gar nicht anders, als sich gemeinsam mit den anderen Kindern aufgeregt um die G.I. zu drängen.

All die Jahre später erinnert sich Katja Sturm-Schnabl noch deutlich an die mahnenden Worte der Soldaten: «Geht an die Wand zurück!» Doch die Kinder hörten nicht und ließen sich nicht von der Freude abbringen, ausgelassen um ihre Befreier im Reigen zu tanzen. Dass die Amerikaner am Stadtrand von

Eichstätt, wo das Zwangsarbeitslager lag, noch mit Gegenwehr durch fanatische, nationalsozialistische Werwölfe rechneten, davon hatten die Kinder keine Ahnung. Ihre Freude war überbordend.

Fernsehstudio, Lehnstuhl und Fernsehaufzeichnung statt Heldenplatz. Es gäbe nicht genügend Zeit, um die ursprünglich geplante Festrede zu halten, wurde ihr gesagt. Zwei Mal wird die Zeit gekürzt. Katja muss sich einschränken. Nur fünf Minuten bleiben schließlich für all das, was sie sagen will. Während der Aufzeichnung hält sie ihre Rede mit den vielen, der knappen Zeit geschuldeten Streichungen in den Händen.

Als die Kamera läuft, spricht Katja Sturm-Schnabl von den Kindern, die den Nationalsozialisten zum Opfer gefallen waren. Von den Kindern in den Konzentrationslagern, an denen medizinische Versuche durchgeführt wurden, von den Kindern, die mit ihren Müttern in den Gaskammern ermordet wurden. Von den jüdischen Kindern, den Kindern der Roma und Sinti, von den Kindern, die lernschwach waren oder eine andere Einschränkung hatten und deshalb den Nazis als «unwert» galten, von den slawischen Kindern, die als Untermenschen bezeichnet und als Sklaven ausgebeutet wurden. Von den Kindern der Zwangsarbeiterinnen, wie sie selbst eines ist.

Vorher

Mussolinis Abessinien-Krieg und die Wahlen in Spanien beschäftigen die österreichischen Tageszeitungen, als Katja Sturm-Schnabl am 17. Februar 1936 am Toman-Hof nordöstlich von Klagenfurt zur Welt kommt, fernab von all dem Grauen, das sich mit dem Bürgerkrieg bald über ganz Spanien ergießen wird. Sie ist das zweite Kind von Zofija und Andrej Sturm. Stanislava Katarina wird sie getauft. Gerufen wird sie ihr Leben lang Katja.

Für sechs kurze Jahre ist sie das zweite Mädchen am Hof, die Jüngere. Veronika, ihre große Schwester, die von allen Veri genannt wird, ist um so vieles ernsthafter. Veri ist die geborene Älteste. Katja ist schon früh von einer Abenteuerlust ergriffen, die sie sich ihr ganzes Leben erhalten wird. Die beiden blonden und so ungleichen Schwestern teilen sich am Toman-Hof das Mädchenzimmer, so wie es sich gehört. Später bleibt ihnen dann noch fast ein ganzes gemeinsames Jahr in der Deportation. Fast ein Jahr. Im April 1942 werden sie abgeholt. Veri verlässt sie im März darauf. Mehr Zeit werden sie nicht miteinander haben, die Schwestern Veri und Katja.

Bei aller Ungleichheit sind die beiden einander in einer großen geschwisterlichen Liebe verbunden. Katja ist früh davon überzeugt, selbst nie so vorbildlich und überaus würdevoll wie ihre Schwester werden zu können, Veri ist gelassen und weiß einfach immer, was zu tun ist. Zweifel scheint Katjas große Schwester nicht zu kennen. Nur ein Jahr liegt zwischen den Beiden, und doch wird es ein ganzes Leben. Nach dem Krieg wird Katja für die vier Brüder immer die ältere Schwester sein. Tonči und Marjan, die beiden jüngsten Kinder, haben Veri gar nie kennengelernt. In Katjas Leben wird sie jedoch lange Schatten werfen.

1934, im Jahr der Februarkämpfe und nach der Ausschaltung des österreichischen Parlaments durch Engelbert Dollfuß, heiraten Andrej Sturm und Zofija Gril. Dann kommt auch schon ein Kind nach dem andern, für das nicht mehr so junge Ehepaar. Der Bräutigam ist 39 Jahre alt, seine Braut feiert im Jahr der Hochzeit ihren 29. Geburtstag. Beide sind sogenannte gute Partien, er übernimmt im gleichen Jahr den großen Hof und sie wird von ihrem wohlhabenden Vater, dem Unternehmer Aleš Gril, mit einer ordentlichen Mitgift ausgestattet. Nicht nur seiner Tochter Zofija, von allen Freunden und in der Familie Zofka genannt, ermöglicht er eine finanzielle Unterstützung, alle seine Kinder werden mit genügend Startkapital versorgt.

Sowohl die Grils als auch die Sturms sind nach ihrem Selbstverständnis, ihrem kulturellen Erbe, als auch ihrer Sprache nach bewusste Slowenen. Sie stemmen sich mit allen ihnen zur Verfügung stehenden Mitteln gegen die fortschreitende Germanisierung, die nach der Volksabstimmung von 1920 einem Damoklesschwert gleich die slowenische Minderheit in Kärnten bedroht.

Pavel, Zofijas älterer Bruder, ist Priester und gehört zu jenen slowenischen Intellektuellen, die nach der Abstimmung in Kärnten 1920 Richtung Jugoslawien flüchten müssen. Später wird von diesen Kärntner-Slowenen immer wieder in den Tageszeitungen, und noch später auch im Fernsehen die Rede sein und dabei aber nur beiläufig erwähnt, dass sie in den 1920er-Jahren nach Slowenien gegangen sind. Warum Pavel und all die anderen aus Kärnten fortgingen, warum sie fortmussten, bleibt auch Jahrzehnte später unerwähnt. Hundert Jahre Schweigen der Mehrheit.

Die Grils erleben im eigenen Haus den «Abwehrkampf» ehe es zur Volksabstimmung kommt, täglich ändert sich die Front rund um ihr Anwesen in Unterlinden. Srečko Puncer, ein junger jugoslawischer Soldat, der eben seine Waffe abgelegt hat, um sich für das Frühstück, zu dem ihn Franciska Gril eingeladen hat, an den Tisch zu setzen, wird vor den Augen der 14-jährigen Zofija in der Küche von einem österreichischen «Abwehrkämpfer» getötet. Puncer ist Slowene und gerade einmal 19 Jahre alt, eine literarische Hoffnung Sloweniens. Der Moment seines Todes prägt Zofija ihr Leben lang.

Sie ist zu jung für die Teilnahme an der Volksabstimmung und weiß noch nichts über ihren zukünftigen Ehemann Andrej Sturm. Dieser lebt einige Kilometer entfernt von Unterlinden, außerhalb der Abstimmungszone. Er kümmert sich um die slowenische Hermagoras Druckerei in Klagenfurt und steht den Angestellten angesichts marodierender Plünderer bei. Andrej bringt die Druckmaschine auf seinem Pferdewagen aus der Stadt fort und nach einer Zwischenstation am elterlichen Toman-Hof in Zinsdorf gelingt es ihm die Maschine über den an den Toman-Hof angrenzenden Fluss, die Gurk, in Sicherheit zu bringen.

Zone A. Zone B. Abstimmung.

Der öffentlich zelebrierte Bruderkuss nach der Volksabstimmung der beiden Volksgruppen am 10. Oktober 1920 in Klagenfurt stellt sich für die Slowenen sehr bald als ein von führenden Politikern geplanter Betrug heraus. Wer nicht wohlhabend ist und so selbstständig leben kann wie Aleš Gril und seine Ehefrau Franciska und dann auch noch für Jugoslawien abgestimmt hat, verliert die Arbeit und muss fort. Wie Pavel. Dabei werden nicht nur Priester vertrieben, sondern auch Lehrer. Die Slowenen sollten in Kärnten zu Beginn der 1920er-Jahre geistig ausgehungert werden. Aber es gibt auch Menschen wie den künstlerisch so engagierten Andrej Sturm, die sich nach dem 10. Oktober beständig für die slowenische Kultur in Kärnten einsetzen, angetrieben vom starken Willen, ihre Sprache, ihre Lieder, ihre Geschichten, die zu Kärnten gehören, zu retten. Auch wenn der Politik nichts lieber wäre, als dass diese verschwinden.

Wie es in den 1930er-Jahren am Land zu dieser Zeit nicht selten vorkommt, lernen Zofija und Andrej einander durch einen slowenischen Priester kennen. Die Dörfer Zinsdorf und Unterlinden liegen zu fern voneinander, um sich zufällig über den Weg zu laufen.

Die beiden führen eine gute Ehe über viele Jahrzehnte, trotz der stark ausgeprägten Ungleichheit ihrer Wesen. Vielleicht liebt Andrej all die langen Jahre seine Ehefrau etwas mehr als Zofija ihren Gatten, doch diese Tatsache hat nichts mit einem

Unvermögen an Zuneigung ihrerseits, an Verzagtheit oder einem Unverständnis zwischen den beiden zu tun, sondern vielmehr damit, dass sich durch ihre Ehe ihre jeweiligen Leben gar nicht, wie bei Andrej, und völlig, wie bei Zofija, verändern. Er bleibt der politisch und kulturell so engagierte Gutsherr vom Toman-Hof und sie muss sich einem System unterordnen, das sie am liebsten aus den Angeln heben möchte. Zofija wird gleich nach der Hochzeit schwanger. Veronika kommt 1935 zur Welt. Im Jahr darauf dann Katja. Aber nach den beiden Töchtern hört das Kinderkriegen für Zofija Sturm nicht auf. Kaum ist sie aus dem Kindbett draußen, arbeitet sie schon wieder weiter am Hof und wenig später folgt die nächste Schwangerschaft mit dem ersten Sohn, Andrej.

Katja erinnert sich noch viele Jahrzehnte später daran, dass ihre Mutter wieder und wieder davon sprach, jahrelang nur mit Schwangerschaften und Stillen beschäftigt gewesen zu sein. So sehr sie ihre Kinder liebt und alles für sie tut, ist es doch eine große Last, dass es kein anderes Frauenleben für sie gibt, als körperlich schwere Arbeit zu leisten und sich zu reproduzieren. Nachkommen für den Hof müssen her. Das Kinderkriegen und die Arbeit am Hof füllen ihr Leben vollständig aus. Sie sieht sich von Andrejs Familie auf die Mutterschaft reduziert. Kind nach Kind. Zofija Sturm wird insgesamt sechs Mal Mutter, vielleicht auch weil sie für ihre Zeit und ihre Umgebung, wie ihre Tochter später vermutet, viel zu aufgeklärt ist und von all dem archaischen Kräuterwissen der Frauen in der Sturm-Familie nichts wissen will. Archaisches Wissen, das Schwangerschaften durchaus verhindern hätte können.

Für Zofija Sturm sind aber all die Rituale, die auf dem Toman-Hof so viel Raum im Alltag finden, auch in den einfachsten Momenten, all das Mystische, das vor allem von ihrer Schwiegermutter zelebriert wird, nichts anderes als ein Schritt zurück in die Zeit vor der Aufklärung und werden damit von ihr aus größter Überzeugung durchwegs abgelehnt.

«Ich bin im tiefsten Mittelalter gelandet», sagt sie wieder und wieder, während sie die Hände über ihrem Kopf zusammenschlägt, wenn ihre Schwiegermutter wieder einmal mit glühenden Kohlen in einer Pfanne durch das Haus eilt und auf die Kohle zu spucken beginnt, um ihren Sohn Andrej von zu starkem alkoholbedingtem Kopfweh nach einer länger dauernden politischen Sitzung vom Abend zuvor zu befreien. Mittelalter, tiefstes Mittelalter.

Die Rituale der Großmutter bergen für die kleine Katja unergründliche Geheimnisse, die sie mit Respekt und durchaus genügend Distanz verfolgt, und da sie ihre aufgeklärte Mutter so innig verehrt, entgeht auch ihr der eine oder andere Zauber, der in der Sturm-Familie hochgehalten wird. Da ist die große Zuneigung zu ihrer Mutter, die so progressive Toman-Bäuerin, die mit größter Begeisterung die Schriften von Aleksandra Kollontai liest und den Klassenkampf als den ihren versteht. Wie können da Zaubereien bestehen?

Nichts, was die Mutter sagt oder tut verdient eine heimlich hochgezogene Augenbraue der Tochter oder gar deren Ablehnung. Es wird Jahrzehnte dauern, bis Katja ihre Mutter vom Sockel heruntersteigen lässt, auf den sie von der Tochter gestellt wurde.

Die Mutter, die so oft in Zitaten und ganzen Versen ihrer heißgeliebten Weltliteratur mit den anderen am Hof spricht, die sie in den Nächten der Reihe nach verschlingt. Die Mutter, die häufig bei den Mägden und Knechten in der Küche isst, anstatt mit der Familie im Esszimmer im ersten Stock, und die für die Gleichberechtigung von Frauen und Männern eintritt. Die Mutter, die ihre Kinder bei jeder Gelegenheit fotografiert und so großen Wert darauf legt, dass ihre Töchter einmal ökonomisch unabhängige Frauen werden.

Die Mutter, die ein gut geschneidertes, modisches Kostüm mit passendem Hut zu schätzen weiß, allein schon, wenn sie zu den Markttagen nach Klagenfurt fahren muss. Die Mutter, die nach dem Krieg nicht mehr lächeln kann, völlig gleichgültig, mit welchen Mitteln ihre Kinder und ihr Ehemann auch versuchen, sie dazu zu bringen.

Veri ist die verantwortungsvolle älteste Schwester beim Toman, sie lernt fleißig und versteht rasch, worauf es im Miteinander am großen Hof ankommt. Am Hof haben die Erwachsenen, von der Mutter über die beiden Tanten bis hin zur Großmutter, alle Hände voll zu tun und auch die Mägde und Knechte sind nicht dazu da, sich um die Kinder zu kümmern.

Der Großvater hat als Altbauer auch eine andere Rolle am Hof, als sich um seine Enkelkinder zu kümmern: In den Jahren, die ihm noch bleiben, geht er weiterhin mit seiner frisch gedengelten Sense jeder Mahd voraus und Andrej, sein drittgeborener Sohn, der nun der Tomanbauer ist, muss sich doch vor allem mit seinen zahlreichen politischen und kulturellen

Verpflichtungen beschäftigen. Eigentlich sollte Blaž, der älteste Sturm-Sohn, der nächste Tomanbauer werden, aber er kommt aus dem Ersten Weltkrieg nicht mehr zurück.

Trotzdem hören seine Eltern nicht damit auf, auf den Sohn zu warten, der doch den Hof übernehmen soll. Der Vater übergibt nicht, wartet weiter zu, hofft auf die Rückkehr seines Ältesten, den er nie mehr zu Gesicht bekommen wird. Doch dann will der zweitgeborene Mihael nicht länger abwarten und 1925 endlich mit seiner Verlobten Katarina eine Familie gründen. Er wird auf dem nahe gelegenen Morič-Hof Bauer. Auf Blaž wird man beim Toman noch Jahre weiter warten. Der ganze Hof harrt aus und hofft auf seine gesunde Rückkehr. Dabei werden die Leben seiner Geschwister, vor allem die seiner Brüder, durch dieses beständige Abwarten der Eltern in völlig andere Bahnen gelenkt.

Noch lange Zeit wird in der Familie die Geschichte erzählt, dass Blaž in Sibirien eine wunderschöne Braut gefunden hatte und aus Liebe nicht zu seiner Familie zurückkommen konnte. Dass Blaž der Erste Weltkrieg doch das Leben gekostet hat, daran will niemand in der Familie denken. Jahrzehnte später wird Katja im österreichischen Staatsarchiv die Soldatenmarke ihres Onkels Blaž finden. In seinem Akt wird sie nachlesen, dass er schon in den ersten Wochen des Krieges gefallen ist. Todesort, Todeszeitpunkt, alles ist im Staatsarchiv feinsäuberlich aufgezeichnet. Beides wird die Familie daheim in Zinsdorf nie erfahren, weder zu der Zeit als im untergehenden Kaiserreich die Kriegsbegeisterung noch so unbändig groß ist, noch später, als in der Ersten Republik Denkmäler für die gefallenen Soldaten landauf, landab in jedem noch so kleinen Dorf aufgestellt werden.

Blaž Sturm, auf den so lange gewartet wurde, fehlt auf jedem einzelnen dieser Denkmäler, die in der Umgebung an den unterschiedlichsten Stellen errichtet worden waren.

Am Hof

Im bäuerlichen Leben stehen die heranwachsenden Kinder am Toman-Hof vielleicht nicht dauernd im Mittelpunkt, aber da ist immer Tante Neža, die kleine, sanfte, runde Neža mit den schwarzen Locken und stets im dunklen hochgeschlossenen Kleid gewandet, die das Regime im Gemüsegarten führt und ihre Nichten und Neffen so oft sie kann in die Arme nimmt und verzärtelt. Diese Liebkosungen für die Kinder sind gerade dann von so großer Notwendigkeit, wenn Zofija Sturm vor lauter Arbeit oder geschwächt von der nächsten Schwangerschaft ihre Zuneigung einfach nicht mehr aufbringen kann. Die liebevolle Tante Neža ist der eine sichere Hafen, die Sturm-Großmutter Marija der andere, die Katja bei jeder Verstimmung Sicherheit bieten.

Und die Sturm-Großmutter ist es auch, die Katja zur Seite steht, wenn sie partout nicht dasselbe essen will, was die restliche Familie auf den Teller bekommt. Dann bäckt sie dem Mädchen in ihrer separaten Küche die heißgeliebte «Cvrča» heraus: schaumig gerührte Eier, in heißem Butterschmalz gebraten und mit Staubzucker bestreut. Essen ist am Toman-Hof ein Zeichen von Zuneigung.

Später wird Katja aber nicht nur an die «Cvrča» der Sturm-Großmutter denken, sondern auch an die gemeinsamen Stunden am Sonntag mit der schwer überarbeiteten Mutter, die ihren Kindern Palatschinken macht, oder mit ihnen am Abend unten beim Wasser sitzt, um gemeinsam den Sternenhimmel zu erkunden. Und wenn die Zeit der Mutter noch so knapp ist, sie gehört am Sonntag doch den Kindern. In der Küche und unten am Wasser.

Essen ist am Toman-Hof auch ein Zeichen der Wertschätzung und der Hilfe. Zur Faschingszeit kommen mittellose Menschen ohne jede soziale Absicherung auf den Hof, die sich notdürftig verkleidet haben. Sie alle haben bunt geschmückte Stangen mitgebracht, auf die frisch gebackene Bauernkrapfen und zu Kränzen gewundene Selchwürste gesteckt werden. Jedes Jahr stellt die Großmutter Körbe voller Würste in den Hof und dazu kommen ganze Ladungen an frisch herausgebackenen Bauernkrapfen. Die Tagelöhner und Tagelöhnerinnen, die unter dem Jahr beim Toman gearbeitet haben, wissen von dem Brauch und kommen ebenfalls. Sie bekommen von der Großmutter neben den Würsten und Krapfen auch Stücke von Geselchtem geschenkt.

Essen ist am Toman-Hof auch etwas Politisches, etwa wenn Zofija Sturm aus Solidarität in der Marstube mit den Knechten und Mägden im Erdgeschoß isst, und nicht bei der Familie im ersten Stock des Hauses. Das tut sie recht häufig und später nach dem Krieg kann sie sogar der Idee einer Kolchose auf dem Toman-Hof etwas abgewinnen.

Zofijas Schwager, Franjo Pavlica aus Maribor, der Ehemann ihrer Schwester Marija, liebt es, zu politisieren und führt, wann immer er mit seiner Ehefrau am Toman-Hof zu Gast ist, kämpferische Reden am fein gedeckten Tisch.

Die Kinder sind beeindruckt, wenn der Onkel aus Maribor bei Tisch die großen Ungerechtigkeiten der Welt geißelt und die Solidarität mit den Hungernden fordert. Nach seinen ausführlichen Appellen will niemand mehr so recht Appetit auf die kredenzten Köstlichkeiten haben. Onkel Franjo wird im Krieg von den Nationalsozialisten ins Konzentrationslager Mauthausen verschleppt und verhungert im Gefängnis von Stein an der Donau nur wenige Tage vor dem Ende des Zweiten Weltkriegss.

Katja verehrt ihre Mutter und bewundert die Schwester, ganz besonders wenn diese am Küchentisch sitzt und konzentriert und mit würdevoller Mine ihre Hausaufgaben macht. Beide sind überlebensgroß in ihrem frühen Leben, die weder kritisiert noch überhaupt hinterfragt werden können. Beide sind Vorbilder, beide bleiben es. Sowohl die Mutter als auch Veri ähneln sich in der Art, wie sie mit gestellten Aufgaben umgehen. Beide sind konsequent, pragmatisch und von einer gewissen Ernsthaftigkeit durchdrungen. Beide werfen grelle Lichter und lange Schatten in Katjas Leben.

Ehe Veri nicht alles erledigt hat, lässt sie sich nicht ablenken, sich trotz aller Versuche der kleinen Schwester nicht zum Spielen mit den Geschwistern verführen. Katja möchte endlich wie ihre Schwester in die Schule gehen dürfen. Sie will lernen und verstehen, was in den Büchern steht, die von ihrer Mutter gelesen werden und aus denen die Mutter so selbstverständlich bei jeder sich bietenden Gelegenheit zitiert.

Sie kann es kaum erwarten, aber im Herbst 1942 würde es endlich so weit sein: Im Herbst würde auch sie ein Schulkind und gemeinsam mit ihrer Schwester in die Schule gehen und Veri nacheifern. Veronika versteht schon etwas Deutsch, sie lernt diese andere Sprache in der Schule. Diese Sprache, die Katja noch nicht beherrscht. Ihre ersten deutschen Worte wird sie jedoch nicht von einem Lehrer hören, ihre ersten deutschen Worte werden ihr entgegengeschrien. Keine Tafel, keine Schulbank werden in Sichtweite sein.

Mutter und Schwester

Mit den beiden allein zu sein, ist für Katja immer etwas besonderes. Als kleines Mädchen wird sie von der Mutter in den Kindersitz vorne an der Lenkstange des mütterlichen Fahrrades platziert, Veri darf im größeren Kindersitz auf dem Gepäckträger Platz nehmen. So fahren die drei nach Klagenfurt. Celovec, so heißt die Stadt für die Sturms, so kennt sie die kleine Katja. Es ist das Jahr, in dem mit Deutschlands Überfall auf Polen im September 1939 der Zweite Weltkrieg beginnt. Katja ist drei Jahre alt, ihre Schwester Veri vier.

In der Stadt geht es für die drei zur Konditorei Todor auf den Feldmarschall-Konrad-Platz, wo die Mädchen ein Eis bekommen. Es ist das erste Mal für Katja in der nur wenige Kilometer entfernten Hauptstadt und es ist das erste Mal, dass sie Gefrorenes bekommt. Sie sucht sich Himbeereis aus, wegen dem satten Rosarot. An diesen Ausflug mit Mutter und Schwester am Fahrrad nach Celovec wird Katja noch viele Jahre später denken und sie konnte sich damals nicht vorstellen. Wie wenig Zeit ihnen zu dritt bleiben wird, weder die Mutter noch Veri und schon gar nicht Katja ahnen es.

Ein Jahr vor der Deportation weiß Veri schon, was sie später einmal werden will, wenn sie groß ist: Sie will Medizin studieren und Ärztin werden. Wie gut dieser Wunsch doch zu dem ernsthaften, bedachten Mädchen passt. Anderen zu helfen, für andere da zu sein und Verantwortung zu übernehmen ist nichts, was Veri beigebracht werden muss.

Noch im August 1941, bevor Veri mit der Schule beginnt, stirbt der Sturm-Großvater. Sein Leichnam soll am Ortsfriedhof an der vorderen Kirchenwand von St. Lorenzen beigesetzt werden. Der Platz steht dem Toman-Hof zu. Katjas Vater lässt das Grab ausheben, in der Nacht wird es von Unbekannten zugeschüttet. Es wird also noch einmal ausgehoben und wieder wird es über Nacht zugeschüttet.

Pfarrer Köberl kommt der verzweifelten Familie nicht zu Hilfe. Er ist seit Ende der 1930er-Jahre für die Pfarre zuständig und nicht nur der erste Deutschsprachige im Pfarrhaus, sondern selbst auch ein strammer Nazi, der auch nach dem Krieg noch Pfarrer bleiben wird. Für die Sturms ist die Botschaft unmissverständlich, sie suchen am Friedhof einen anderen Platz für das endgültige Grab des Großvaters. Schliesslich findet er bei der Außenmauer des Friedhofes seine letzte Ruhestätte.

Katja wird von ihm nicht nur seine am Abend erzählten Geschichten in Erinnerung behalten, sie wird auch nicht vergessen, dass er in jeder der kürzeren Nächte von Frühling bis in den Herbst, einige Stunden bevor die anderen aus ihren Betten kamen, aufstand, um die Felder des Toman-Hofs abzuschreiten und sich der Erde zu vergewissern.

Die Erde, die ihm so viel bedeutete, die Erde, auf der er sich endlich niederlassen konnte. Katja versteht lange Zeit nicht, was ihren Großvater an genau diese Erde gebunden hat, bis ihr Vater sie Ende der 1960er-Jahre einlädt gemeinsam mit ihm ein Feld zu pflügen. Sie lebt längst in Wien, ist verheiratet, zweifache Mutter und studiert. Gemeinsam mit dem Vater wird sie nicht auf die moderne Art und Weise mit dem Traktor, sondern so wie der Großvater es getan hat, mit dem alten hölzernen Pflug das Feld bearbeiten. Es sind Stunden der Gleichmäßigkeit, die Erde unter den Füßen, das schnaubende Tier vor sich, die ganze Kraft, die aufgebracht werden muss, um die frühlingsharte Ackerscholle zu pflügen. Diese gemeinsame Arbeit am Feld ist alles andere als einfach für Katja, vielmehr eine große Anstrengung. Während sie gemeinsam mit ihrem Vater stundenlang hinter dem Pferd den Pflug ins Erdreich drückt und über das Feld stapft, beginnt sie zu verstehen. In diesen Stunden der gleichmäßigen Bewegung am alten hölzernen Pflug fällt Katja in Trance und entdeckt die Verbundenheit mit der Erde, das Tier und der Pflug saugen sie auf. An diesem Tag verändert sich ihre Erinnerung an den Großvater, sie beginnt Franc Sturm besser zu verstehen.

Er hat mit großem Mut den beeindruckenden Hof gekauft, den Teich gegraben und die Kanäle angelegt, die für die Bewässerung der Felder so wichtig sind. Das hier ist keine einfache Keusche, wie oben in Skarbin auf der östlichen Sattnitz, wo die Sturms über mehrere Generationen gelebt haben. Hier beim Toman ist es nach all den Anstrengungen und umgesetzten Planungen, die der Großvater auf sich genommen hat, geradezu herrschaftlich.

Als Katja 1945 zurückkommt verlaufen auf den Wiesen des Toman-Hofes noch die Kanäle, die ihr Großvater nach dem Kauf angelegt hatte. Weil nach der Befreiung am Hof aber alles moderner wird, verschwinden sie schließlich nahezu.

Nahezu. Den Teich, den Franc Sturm dank der drei Quellen anlegen konnte, gibt es noch immer.

Katja geht im Sommer 2020 zwischen den Feldern voll Dinkel und Sonnenblumen zum Teich. In ihrer Hand hält sie einen Strohhut, um die Schultern ein Tuch. Die Hitze des Tages, den sie unter der Platane und im kühlen Haus verbracht hat, hat sich gelegt. Wie oft sie diesen Weg zum großväterlichen Teich gegangen ist. Aber das war alles danach, später, nach dem Krieg. Vorher, als Veri noch da war, spielte Katja mit ihren Geschwistern bei der Mühle, die es heute noch gibt, die aber nicht mehr gebraucht wird.

Das Wasser läuft noch über den letzten erhaltenen Kanal zur Mühle auf der anderen Seite des Hofes. Ein flacher Kanal. Gerade breit genug, um zwei erwachsene Füße knapp nebeneinander hineinzustellen.

Katja weiß auch 80 Jahre nach seinem Tod all die Geschichten, die der Großvater seinen Enkelkindern nach dem Abendessen erzählte und denen sie mitsamt ihren Geschwistern mit großen Augen und offenen Mündern zuhörten. Es waren diese Geschichten von Geistern und Sibyllen in den engen Gräben hinter Eisenkappel, die ihm dort begegnet sind, als er noch Viehhändler war und Ochsen und Schafe aus den entlegensten Höfen holte, um sie über die Drau heraufzutreiben.

Es ist nichts Außergewöhnliches daran, sagt der Großvater, dort Geistern und Sibyllen zu begegnen, gerade in den tiefen Gräben, dort unter der Drau. Wahrlich nichts Außergewöhnliches.

Fotografien aus diesen frühen Jahren von Veri, Katja und Andrej hängen heute im Auszugshaus der Eltern gerahmt hinter Glas an der Wohnzimmerwand zwischen dem italienischen Kachelofen und der Tür. Es führt kein Weg an ihnen vorbei, will man den Raum wechseln, sie müssen angeschaut, gewürdigt und erinnert werden.

In den Kindergesichtern ist in diesen gemeinsamen ersten Jahren nichts als geschwisterliche Innigkeit zu sehen. Sie sind einander aber nicht nur durch die zeitliche Nähe ihrer Geburt verbunden. Die drei sitzen eng aneinandergedrückt, halten einander, lächeln in die Kamera der Mutter. Ihre tiefe Geschwisterliebe ist auch auf den Bildern aus dem Zwangsarbeitslager, die Veronika, Katja und Andrej gemeinsam mit anderen verschleppten slowenischen Kindern zeigen, nur schwer zu übersehen. So viele Jahrzehnte später antwortet Katja auf die Frage, welches Wort ihre Kindheit vor der Deportation am besten umschreibt, ohne zu zögern mit dem Wort «Zärtlichkeit».

Am Toman-Hof gibt es niemanden, der die Kinder mit lauter Stimme ermahnt, oder, wie in der Zeit gar nicht unüblich, züchtigt. Die Kinder wachsen ohne jegliche Grobheiten, ohne jegliche Angst vor den Erwachsenen heran. Sie lernen auch Achtung und Respekt. Dazu gehört, dass sie die Eltern bis zu deren Tod niemals duzen. Kein einziges Mal.

Die Kinder begleiten die Knechte und Mägde bei ihrer Arbeit, solange sie nicht stören, grundlegend vorsichtig sind und sich nicht selbst oder andere in Gefahr bringen. Sie verstehen, dass es wichtig ist, sich an die Vorgaben der Erwachsenen zu halten, dass man sich um sie sorgt und es deshalb diese

Regeln gibt. Dabei sind sie so frei, wie es Kinder in dieser Zeit nur sein können. Denn aus angemessener Entfernung hat immer jemand ein Auge auf sie, auch wenn sie schon verinnerlicht haben, aufzupassen und den Regeln zu folgen. Trotzdem gelingt es ihnen auch manchmal heimlich in den Stall zu schleichen, um mit den Pferden und Kühen zu sprechen und um die Fohlen und Kälber zu streicheln. Das tut Katja besonders gerne.

Noch bevor die Welt am Toman-Hof so schwer erschüttert wird, kommt die Zeit, wo die Kinder langsam auch mithelfen müssen. Immer wenn Katja den unliebsamen Aufgaben am Hof zu entkommen versucht und sich in ihr Zimmer zurückzieht, kommt ihre fürsorgliche und sanfte Tante Neža zu ihr und fragt sie voll Anteilnahme, ob sie Kopfweh habe, denn einen anderen Grund als eine Krankheit könne es nicht geben, um nicht der notwendigen und aufgetragenen Arbeit nachzugehen. Nicht bei so fleißigen Eltern, Tanten und Großeltern. Nicht am Toman-Hof, dem größten Bauernhof in der Nachbarschaft. Es gilt schließlich für alle am Hof eine Vorgabe mit Eifer zu erfüllen.

Schließlich gibt es am Hof auch immer genug zu tun, es ist immer zu viel Arbeit. Sonst würden sie wohl auch nicht die Knechte und Mägde brauchen, und die Tagelöhnerinnen, die bei der Ernte aushelfen, oder bei anderen Gelegenheiten, wo sonst zu viel Arbeit für die Sturms anfällt.

Manchmal versteckt sich Katja vor der Arbeit im Wald, wo die Tanten sie nicht finden, wohin ihr niemand nachkommt. Vielleicht wird es nicht der gleiche Baum sein, aber es ist genau jenes Waldstück, wo sie sich später als Sechsjährige versteckt, als die Deutschen kommen, im April 1942. Dieser Wald wird ihr als sicherer Ort in Erinnerung bleiben.

Katjas frühen Erinnerungen sind auch von den Chören geprägt, die am Toman-Hof tagelang proben und auch im Stadl übernachten, weil doch die Wege in die anderen Dörfer zu weit sind. In der Kirche von St. Margarethen soll eine Messe gesungen werden, die letzte auf Slowenisch nach dem «Anschluss». In Katjas Erinnerungen kommen regelmäßig auch slowenische Bauern auf den Hof, um hier Kredite bei der Darlehensbank St. Thomas zu beantragen, da sie bei den deutschsprachigen Banken keine Unterstützung mehr bekommen und diese Bank, die ihr Vater mitgegründet hat, ihren Sitz am Toman-Hof hat.

Und wenn sich Katja an eben diese Darlehensbank erinnert, gehört auch Herr Kupper dazu, als Buchhalter für die Bank tätig ist und immer mit Katja und den anderen Kindern ein wenig spielt, wenn er auf den Toman-Hof zur Arbeit kommt.

In Katjas «davor» gehören auch die Erinnerungen an die Roma und Sinti, die jedes Jahr für einige Wochen auf einer der weitläufigen Wiesen, die zum Toman-Hof gehören, ihre Wohnwägen abstellen, um in der Umgebung Töpfe zu flicken, Tischdecken zu verkaufen und den jungen Frauen aus der Hand zu lesen. Das alles nimmt mit dem «Anschluss» bald ein Ende.

Die Chöre verstummen, nach dieser einen letzten slowenisch gesungenen Messe, die im letzten Augenblick noch verhindert, aber schließlich ein nicht enden wollendes Konzert werden sollte. Wie oft wird Katjas Vater nach dem Krieg über diese Messe sprechen, bei der er von einem anderen, dem assimilierten Slowenen Tauschitz, der nach dem Krieg kurz Landeshauptmann-Stellvertreter wird, daran gehindert werden sollte die Messe mit dem slowenischen Gesang stattfinden zu lassen. Über die heftige Streiterei und die Beleidigungen in der Sakristei.

Stephan Tauschitz ist wie Andrej Sturm Kärntner-Slowene, allerdings deutschgesinnt und so weit assimiliert, dass er auch seinen Familiennamen in der deutschen Schreibweise führt. Er ist Funktionär des österreichischen Landbundes, der deutschnationalen Bauernpartei in der Ersten Republik, Nationalratsabgeordneter und dritter Nationalratspräsident. Tauschitz ist 1933 österreichischer Botschafter in Berlin, wo er den «Anschluss» Österreichs an Nazideutschland offen unterstützt. Katjas Vater und Tauschitz sind wahrlich keine Freunde.

Und so kommt an diesem Sonntag im Jahr 1938 Tauschitz gemeinsam mit seinem Bruder Pepe in die Sakristei von St. Margarethen und will verhindern, dass diese Messe als letzte slowenische Messe stattfinden kann. Es ist nicht nur eine Messe für die Gemeinde hier, es kommen Menschen aus weiter entfernten Ortschaften, da sie wissen, es wird die letzte derartige Messe sein. Die Kirche platzt beinahe aus allen Nähten. Im Angesicht Andrej Sturms unüberwindbarer Standhaftigkeit und einem langem hin und her lenkt Tauschitz schließlich ein und verschwindet.

Viele Jahre später erzählt Katjas Vater noch davon, dass nach der Messe eine volle weitere Stunde gesungen wurde und kein Mensch die Kirche verlassen wollte.

Nach dem Krieg werden die Messen in der Pfarre Senttomaž mit ihren beiden Filialkirchen nicht mehr auf Slowenisch gehalten. Nur wenn es zu einer privaten Feier kommt. Sonst ist aus Senttomaž die deutschsprachige Pfarre St. Thomas geworden. So setzt es sich fort.

Und bald kommen die Roma auch nicht mehr auf den Toman-Hof. Sie werden vom neuen Regime dazu gezwungen ihr fahrendes Leben aufzugeben.

Das Verbot der slowenischen Sprache, das Verbot des fahrenden Lebens der Roma und die Liquidierungen von Vereinen und Genossenschaften gehen Hand in Hand. So trifft es hier bei den Sturms den örtlichen Kulturverein und die Bank. Was bleibt ihnen, wenn selbst die slowenischen Gesänge in den Gottesdiensten verboten werden? «Der Kärntner spricht deutsch.»

Mit dem «Anschluss» werden die Kreise enger. Vielleicht bemerken es die Kinder noch nicht in dem Ausmaß wie die Erwachsenen, da sie in ihrer eigenen kleinen Welt leben und nur wenige Kontakte zu anderen Kindern außerhalb der Familie pflegen. Aber die Erwachsenen treffen die neuen Zeiten mitten ins Herz. Es dauert nicht lange und schlimme Nachrichten erreichen den Toman-Hof: über von der Gestapo in Klagenfurt gefolterte Slowenen, wie etwa Vinko Poljanec aus St. Kanzian. Die Angst nimmt zu, die Atmosphäre ist bedrückt. Weil die Familie Sturm früher in der Öffentlichkeit bekannt war, steht sie jetzt im Fokus der Nationalsozialisten und ihrer Kollaborateure.

Trotzdem wird hier in Zinsdorf beim Toman weiter der jährliche Kirchtag im September gefeiert. So schwierig das Leben geworden ist, so wenig wollen die Sturms sich diesen Feiertag verbieten lassen, er ist so etwas wie ein weit sichtbares «Wir lassen uns von euch nicht alles nehmen» in Richtung der neuen Machthaber, wenn sonst schon so wenig übriggeblieben ist, von dem, was einmal war.

Zofija Sturm und ihre Helferinnen kochen tagelang für den Kirchtag, um die vielen Gäste standesgemäß verköstigen zu können. Das gute Porzellan wird aus der Verwandtschaft zusammengeholt, denn es werden Unmengen an Teller benötigt, um die Suppen, die Braten, den Tafelspitz, die verschiedenen Salate, die gefüllte Kalbsbrust, die gebackenen Hendl mit Zofijas geheimnisvollen Zutaten und schließlich den Reindling in vielfacher Ausführung den zahlreichen Gästen vorzusetzen. Es werden alle am Hof verfügbaren Tische gedeckt, im ersten Stock gleich in zwei Räumen, ebenerdig in der Marstube und sogar am Küchentisch selbst werden die Gäste verköstigt. Es gibt, trotzend der schweren Zeit, an diesem Tag ein fröhliches Kommen und Gehen am Hof. Niemand soll den Kirchtag beim Toman vergessen. Niemand soll sagen, dass es anders geworden ist, wenn am Toman Kirchtag gefeiert wird. Niemand soll ohne eine gute Erinnerung bleiben.

Es sind auch diesmal um die 50 Gäste, die hier Zofijas Köstlichkeiten vorgesetzt bekommen. Für die Toman-Kinder ist der Kirchtag ein Feiertag. Freunde und Verwandte aus Klagenfurt und den verschiedensten Ortschaften kommen auf den Hof und ihre Patentante Katarina bringt Geschenke mit.

Und trotzdem ist es allen ums Herz sehr schwer, als müssten sie, wenn sie den Hof verlassen die Luft anhalten, um nicht zu verzweifeln. Also bleibt man doch mit seinen Gefühlen für sich. Die Großen etwas mehr als die Kleinen. Auf der Insel, die Franc Sturm hier geschaffen hat. Zwischen der Gurk, die den Toman-Hof auf der einen Seite, hinter den Feldern und dem Wald begrenzt, und den drei Quellen mit dem Teich auf der anderen Seite. Eine Insel.

In diese früheren Erinnerungen von Katja gehört auch der Tag, an dem ihre Mutter empört aus Klagenfurt zurückkommt, weil sie von der SA daran gehindert wurde, das jüdische Kaufhaus Preis zu betreten. Bei der Familie Preis in der Paradeisergasse hat Zofija, seit die Mädchen auf der Welt sind, Kleidchen und Westen gekauft. Farblich abgestimmt und in den Mustern ähnlich, so wie es sein soll. Zofija Sturm will sich von den Nazis nicht vorschreiben lassen, wo sie einzukaufen habe. Sie weiß, dass die Schikanen der SA nichts Gutes bedeuten. Bald werden die Tagelöhner und Knechte zur Wehrmacht eingezogen und der Krieg bricht los. Es kommen französische Kriegsgefangene bis auf den Toman-Hof. Katja wird die Begegnung mit den Gefangenen aus Frankreich nach dem Krieg dazu bringen, als junge Frau heimlich nach Paris zu reisen. Französisch wird schließlich neben dem Slowenischen die zweite Sprache in ihrer eigenen zukünftigen Familie.

Nach dem Krieg wird Katjas Vater immer wieder davon erzählen, dass der Großvater so früh schon das Unglück voraussagte, dass mit den Nazis hereinbrach. Der Großvater wusste, dass ein Befrieden, ein Unterwerfen mit allen auf horrende Weise eingeforderten Abgaben, ein Nach-ihren-Regeln-Spielen nicht funktionieren kann. Davon wird Katjas Vater erzählen.

Nicht nur einmal, sondern wieder und wieder, fast so als müsste er die Jüngeren daran erinnern, was sie alles überstanden hatten und was alles möglich war und auch fast so, als muss er seinem toten Vater gegenüber Abbitte leisten. Er hatte doch alles richtig gesehen und sie gewarnt.

Vier Jahre nach dem «Anschluss» findet das bisherige Leben ein Ende. Den Großteil von Katjas frühem Leben, vier ihrer ersten sechs Jahre, wächst sie in dieser Zeit der Einschränkung, der Verbote und der Veränderung heran.

Toma und Petar Waste vom Lesjak-Hof, Freunde ihres Vaters, kommen regelmäßig vorbei und breiten vor Katjas Vater eine Landkarte Europas aus. Sie wissen viel von dem was in der Welt passiert, vielleicht hören sie die Moskauer und Londoner «Feindsender», um an die richtigen Informationen zu kommen. Die Männer deuten wissend von hier nach dort auf der Landkarte und diskutieren mit Katjas Vater lange über die neuesten Kriegsereignisse. Hans und Petar werden wenig später zur Wehrmacht eingezogen, während der dritte Lesjak-Bruder, Toma, wie die Sturms deportiert wird.

In den ersten Jahren unter dem NS-Regime geht es für die Sturms darum, so bedeckt wie möglich weiterzuleben. Ein öffentlich geäußertes falsches Wort kann Konzentrationslager bedeuten, das weiß man auch in Zinsdorf. Die Sturms und viele andere slowenische Familien wissen, dass sie sich besonders darum bemühen müssen, völlig unauffällig zu bleiben, weil sie zu jenen Bevölkerungsgruppen gehören, die von den braunen Machthabern genau beobachtet, ja geradezu unter die Lupe genommen werden. Und dass Zofijas Bruder Pavel nach der Volksabstimmung von 1920 nach Jugoslawien vertrieben wurde ist ebensowenig ein Geheimnis wie das politische Engagement von Andrej Sturm bis 1938. Dass er sich für den slowenischen Kulturverein einsetzte und von einem Beharren auf die eigene slowenische Kultur nicht abrückte, könnte der Familie nun gefährlich werden. Irgendwann tauchen auf slowenischen Bauernhöfen Kommissionen auf, die überprüfen wollen, ob die in Frage stehenden Familien politisch zuverlässig sind. Sie kommen auch auf den Toman-Hof, aber die Sturms werden vorgewarnt.

«Hängt Bilder von Hitler in eurer Wohnung auf» wird ihnen dringend empfohlen. Zofija Sturm schneidet aus den Tageszeitungen Bilder des Führers aus und klebt sie einfach an die tapezierten Zimmerwände. Ohne Rahmen, ohne Glas, einfach nur Zeitungsausschnitte, aber wohl rechtzeitig vor den Kontrollen. Als eines Tages bei Onkel Mihael auf dem Morič-Hof die Kommission auftaucht und Katja und ihre Geschwister gerade dort auf Besuch sind, werden sie rasch nachhause geschickt und kündigen der Mutter die Kommission eben noch rechtzeitig an, die sich gerade auf den Weg zum Toman begibt. Ein eiliger Blick Zofijas auf die angeklebten Zeitungsausschnitte, ehe es an der Haustüre klopft. Sie führt die Kommission durch das Haus, die mit strengem Blick die Hitler-Bilder an den Wänden in den Wohnräumen begutachtet. Eine drohende Verhaftung ist vorerst abgewendet.

In Katja Sturm-Schnabls frühesten Erinnerungen sind viele Menschen auf dem Bauernhof zu Hause. Wenn wir nur von der Familie sprechen, so sind das Katjas Geschwister

Veri, Andrej und der kleine Franci, Katjas Eltern, Zofija und Andrej Sturm, die Großeltern und natürlich auch die Tanten Neža und Mica, die anders als ihre Schwester Katarina nicht heiraten konnten und miteinander eng verwoben hier leben. Für Neža und Mica fehlte es an der notwendigen Mitgift, die nur für Katarina aufgebracht werden konnte. Neža und Mica bleiben unverheiratet und am Hof. Später werden Frauen aus dem Dorf Katja erzählen, dass die schöne, strenge Mica schon einen Liebhaber hatte. Da es aber keine Möglichkeit gab zu heiraten, unterwirft sie sich den Regeln des Vaters und bildet mit Neža ein bestimmendes Zweigestirn am Hof. Sie lesen und engagieren sich wie Katjas Vater im Laientheater. Andrej nennt Mica, die sich um alle wirtschaftlichen Belange des Toman-Hofes kümmert, «meinen Advokaten». Aber dass ihr der Vater den Hof überschreiben hätte können, war unmöglich. Mica hätte dies auch nie eingefordert. Sie ist die Gutsverwalterin, sie und ihre Schwester Neža entsprechen eisern den Traditionen ihrer Eltern. Mica und Neža tragen auch immer die dunklen Kleider, wie es die Tradition für unverheiratete Frauen auf Bauernhöfen vorsieht. Sie halten an den althergebrachten Strukturen am Hof fest, kaum zur Freude ihrer fortschrittlichen Schwägerin Zofija.

Von den Deutschnationalen wird in Kärnten vehement über viele Jahrzehnte behauptet, dass Slowenen «nur dort unten», gleich an der Grenze zu Jugoslawien leben, dass sie nicht auch an so vielen anderen Orten im Land verstreut leben, etwa nordöstlich von Klagenfurt, dort wo die Sturms zu Hause sind. Katja und ihre Familie in Zinsdorf sind lebende

Beweise dafür, dass dieses «nur dort unten» nicht der Wahrheit entspricht und die Deutschnationalen die Geschichte Kärntens umschreiben wollen. Als würde ihnen dadurch etwas grundlegendes ihrer Identität genommen werden, wenn sie mit dem Verleugnen aufhören würden.

Vom nahen Magdalensberg sieht man bei klarem Wetter hinter den Karawanken den Triglav, Sloweniens höchsten Berg, hervorlugen. Folgt man den slowenischen Mythen, so leben auf der Bergspitze drei Götter. Ist das Wetter klar, blicken wohl alle drei über die Karawanken herüber. In der Kirche am Magdalensberg steht ein Basaltstein aus vorchristlicher Zeit, auf dem drei Gesichter abgebildet sind. Selbst vom Toman-Hof sieht man bei besonders klarem Wetter den Gipfel. Mit ihren drei auffälligen Spitzen wird die Kappe der jugoslawischen Partisanen «Triglavka» genannt.

Deportation am Donnerstag

Der 14. April 1942 ist ein Donnerstag und damit Markttag für die Bauern aus der Umgebung von Klagenfurt. Wie jede Woche sind Andrej und Zofija Sturm mit dem Traktor in den frühen Morgenstunden nach Klagenfurt aufgebrochen, sie haben an diesem Vormittag auch ganz abgesehen vom Markt reichlich Besorgungen zu erledigen. Mit ihnen kommt Andrejs Mutter, die sie zum Bahnhof in Klagenfurt bringen, weil sie für einige Tage zu ihrer Tochter fährt.

Veronika ist in der Schule, aber alle anderen sind an diesem Vormittag am Hof: die beiden Tanten Neža und Mica, zwei der Mägde, die beiden kleinen Brüder und natürlich Katja selbst.

Als die Hölle an diesem Vormittag über den Toman-Hof hereinbricht, spielen die Kinder ausgelassen im Haus, die vier Frauen sind wie üblich mit der anstehenden Arbeit beschäftigt.

Auf anderen slowenischen Höfen werden die Menschen schon in aller Früh aus den Betten geholt und unter deutschem Gebrüll dazu gezwungen, innerhalb kürzester Zeit alles zusammenzupacken. Eine knappe Stunde bekommen sie, um zu entscheiden, was alles mitgenommen werden soll.

Eine Stunde um ein ganzes Leben in ein paar Säcke, Körbe und Taschen, die schnell hergenommen werden können, zu stopfen. Sie werden ermahnt keine Zeit zu verlieren. Schnell, schnell. Fort vom Hof, so wenig Zeit, fort aus ihren Häusern.

Fort aus ihren Betten, in denen so lange schon geboren, geliebt und gestorben wird.

Als Katjas Eltern mit der Großmutter nach Klagenfurt aufbrechen, weiß niemand am Hof, dass noch vor dem Morgengrauen auf anderen Höfen die ersten slowenischen Familien abgeholt worden waren. Nahe Verwandte, wie Onkel Maks oder die Gril-Großmutter. Es gibt auf den Höfen keine Telefonapparate, die zur raschen Warnung verwendet werden können. Einige wenige, so erfahren sie später, sind nicht zu Hause und entkommen so der Deportation. Jene, die wissen was passiert, sind schon auf dem Weg ins Sammellager bei Ebenthal.

«Aussiedlung». Wie lange danach wird dieses Wort in Kärnten noch für die Deportationen der Kärntnerslowenen verwendet? Zu lange, wird Katja sagen, wenn man sie danach fragt, später, wenn sie längst erwachsen sein wird. Viel zu lange, wird sie kritisieren, verwendet man dieses Wort, als hätte es für die slowenischen Familien eine Alternative gegeben. Als wäre es eine freie Entscheidung gewesen fortzugehen, alles zu verlassen, was ihr Leben ausmacht. Als hätten sie sich wo neu «angesiedelt» und als wäre das alles freiwillig passiert, als wären ihre so zahlreichen Verluste noch während dem Krieg, während der «Aussiedelung» ausgeglichen worden, als hätten sie an einem anderen Ort ein neues Leben beginnen können. Als wäre das alles keine Deportation in die Zwangsarbeit gewesen.

Noch Jahrzehnte lang wird dieses Wort in Kärnten für die Deportation vom April 1942 verwendet. Kaum jemand will davon wissen, was in diesen Tagen im April mit den Menschen geschehen ist, die «ausgesiedelt» wurden.

An diesem Donnerstag im April 1942 stürmen am späteren Vormittag bewaffnete Soldaten brüllend in den Toman-Hof. Katja spricht noch kein Wort Deutsch und versteht nichts von dem, was die mit Gewehren und Pistolen bewaffneten Uniformierten von sich geben. Dass aber mit den Soldaten eine Lebensbedrohung für sie alle ins Haus kracht, versteht die Sechsjährige sofort.

Dem Mädchen wird unmittelbar klar, dass diese Männer etwas anderes wollen als die aufdringliche Kommission, die von ihrer Mutter mit ernstem Gesicht durch das Haus geführt wurde. Die beiden Tanten weinen, die Mägde verfallen ebenfalls in ein verzweifeltes Schluchzen. Innerhalb weniger Momente herrscht im Haus völliges Durcheinander. In all dem Chaos steht für Katja außer Frage, dass sie alle mitgenommen werden, wohin auch immer. Sie versteht, dass die schreienden Soldaten sie fortbringen wollen. Es ist das erste Mal, dass Katja und ihre Geschwister so brüllende Erwachsene erleben. Niemals wurde am Toman-Hof derartig die Stimme erhoben. Niemals.

Katja wird das Geschrei der *Nemci* (slowenisch: Deutsche) für Jahrzehnte nicht mehr aus dem Kopf bekommen. Sie wird lange davon träumen. Wieder und wieder. Und die Erinnerungen daran verblassen auch nicht.

In all dem Durcheinander bemerkt sie bald, dass sie sich nicht nur bedroht fühlt von den Uniformierten, sondern in ihrem bisher so kurzen Leben auch noch nie so derartig unhöflichen Menschen begegnet ist.

Im unaufhörlichen Gebrüll, im Drängen der uniformierten Deutschen ist für Katja ohne Zweifel erkennbar, dass die *Nemci* keinerlei Manieren besitzen und nicht wissen, wie man sich in einem fremden Haus zu benehmen hat. Die Sechsjährige ahnt noch nicht, welche schwerwiegenden Folgen diese ungehobelten Männer mit sich bringen, Konsequenzen, die mit dem Abtransport erst ihren Anfang nehmen. Eines weiß sie aber ganz genau: Sie will nichts mit diesen Leuten zu tun haben.

Nachdem ihr weder die beiden Tanten, noch die beiden Mägde in diesen bangen Minuten zu Hilfe kommen können, gelingt es dem Mädchen auf diese Weise, sich abzugrenzen und einen Umgang mit der Bedrohung, die von den *Nemci* ausgeht, zu finden. Was kann eine Sechsjährige sonst schon tun in einer solchen Bedrängnis, mit einer solchen Angst.

Die Tanten sind verzweifelt und weinen. Sie können weder Katja noch ihre Geschwister schützen oder trösten. Mica und Neža sind mit den brüllenden deutschen Soldaten völlig überfordert. Was geschieht nun mit ihnen, warum schreien die *Nemci* unaufhörlich herum und die wichtigste Frage: Wo sind Katjas Eltern?

Die Angst, die sich der Sechsjährigen bemächtigt, lässt sie im großen Durcheinander bei der Hintertür hinausstürzen und in den Wald laufen, um sich dort zu verstecken. Der Wald ihr Schutz. Auch wenn ihr von den Tanten Aufgaben zugeschanzt werden, die ihr nicht gefallen, wartet der Wald auf sie und umgibt Katja schützend mit seinem dichten Blattgrün. Wären es doch nur Aufgaben der Tanten, vor denen sie sich verstecken muss. Katja weiß, wenn es ein Fortgehen geben muss, und das scheint unausweichlich, dann kann das nicht ohne die Eltern geschehen. Im Wald kriecht sie rasch ins Laub, das von den erst kurz zuvor stattgefundenen Rechenarbeiten im Frühling zusammengeschoben zwischen den Bäumen liegt. Ihre Zeit im Laubhaufen ist endlos. Katja ist eingehüllt in den Duft der feuchten Blätter und so kauert sie auf dem weichen, moosigen Waldboden, der ihr so vertraut ist und Sicherheit bedeutet. Mit einem Mal hört sie das wohl vertraute Tuckern des väterlichen Traktors und sie weiß, ihre Eltern sind endlich aus der Stadt zurück. Katja kriecht vorsichtig aus dem Laubhaufen, Kati Ostermann, eine Tagelöhnerin am Toman-Hof, findet das Mädchen und nimmt es erfreut auf den Arm, um es zurück auf den Hof zu tragen. Katja wehrt sich nicht, denn sie sieht in der Entfernung den Vater, der den neuen Traktor, seinen ganzen Stolz, um das Nebengebäude fährt und dort abstellt.

Den Vater aus der Ferne auf seinem Traktor zu sehen, tröstet sie, es kann nun alles nicht mehr so schlimm sein, wenn die Mutter und er endlich wieder zurück sind.

Im Haus herrscht noch immer das schiere Chaos und neben den noch immer heulenden Tanten findet Katja ihre Eltern wieder, die unter strenger Aufsicht und unter dem lauten und bedrohlichen Geschrei der Soldaten nun nur eine knappe Viertelstunde Zeit haben, um eilig das Notwendigste zusammenzupacken.

Katja und die beiden Buben werden reisefertig angezogen, sie holt ihre kleine Handtasche, ohne die sie auf keinen Fall fortgehen kann. Veri kommt in das dröhnende Durcheinander von der Schule nachhause.

Es gibt keinen ledernen Reisekoffer, der nun rasch gepackt werden könnte, also füllt Zofija Sturm einen geflochtenen Strohkoffer und stopft so gut es geht in aller Eile ein paar Stoff- und Leinensäcke mit Kleidung voll, während die bewaffneten Soldaten weiter ihre Parolen auf Deutsch brüllen und bedrohlich durch das Haus wüten. Als Strohkoffer und die rasch gefundenen Tragesäcke gepackt und die Kinder reisefertig angezogen sind, werden die Sturms durch das Dorf von den Soldaten links und rechts eskortiert und bis zur Bundesstraße getrieben, die eineinhalb Kilometer entfernt vom Hof verläuft.

Auf dieser bitteren Prozession weinen Neža und Mica weiter, ohne Unterlass. Die beiden Tanten wimmern nicht etwa leise und verhalten vor sich hin. Es ist ein Wehklagen, das sie durch und durch erschüttert. Katja versucht angestrengt zwischen ihren Eltern Schritt zu halten und dabei auch in den Gesichtern von Vater und Mutter zu lesen, was hier mit ihnen passiert. Sie versucht sich mit den Eltern über Blicke zu verständigen, während sie weiter, an den anderen Bauernhöfen in Zinsdorf vorbei, unter großem Geschrei Richtung Bundesstraße getrieben werden.

Weder der Mutter noch dem Vater ist es möglich, ihre Zweitgeborene zu beruhigen oder gar in Sicherheit zu wiegen, sie sind vollauf damit beschäftigt auf diesem Weg einen Schritt nach dem anderen zu setzen und dabei nicht in tausend Stücke zu zerfallen. Katja versucht in den Gesichtern der Eltern zu lesen, versucht anhand der Gesichtsaudrücke zu verstehen, was hier mit ihnen allen geschieht. Aber da ist nichts, was Katja im Gesicht ihrer Mutter erkennen kann. Aus Zofija Sturms Antlitz ist jegliche Farbe gewichen und auch ihre Mimik ist völlig verschwunden. Ihr Gesicht ist bleich und hart, es wirkt wie von einer Schicht Marmor überzogen.

Sie hält den kleinen Franci im Arm auf diesem Weg, der ihr von den Deutschen aufgezwungen wird. Katja versucht, ihre Schritte an die der Eltern anzupassen und beobachtet ihren Vater. Aber auch aus seinem Gesicht wird sie nicht schlau. Es ist mit einem Mal graugrün gefärbt, seine ganze Ausstrahlung hat sich verändert. Seine stets präsente Würde und sein Selbstvertrauen sind in diesen wenigen Minuten, die seit seiner Rückkehr aus Klagenfurt vergangen sind, völlig aus ihm gewichen. So, als hätten die *Nemci* ihm das letzte Stück seiner Selbst genommen, als hätten sie ihn gehäutet.

Andrej Sturm ist ein gebrochener Mann, seine Tochter Katja sieht ihn von der Angst zerstört. Er war so lange standhaft geblieben, lies sich noch nach dem «Anschluss» nicht davon abbringen, doch noch eine Messe zu organisieren und nun ist ihm alles genommen worden. Alles.

Dass sich ihre Eltern in so kurzer Zeit äußerlich so stark verändern, erschreckt die Sechsjährige zutiefst. Wo sind die Eltern geblieben, die in der Früh in die Stadt gefahren sind und die ihr immer Schutz geboten haben. Wo sind ihre Eltern, die für sie gesorgt haben? Katja versteht, dass der Vater sie in diesem Augenblick, auf diesem Weg nicht mehr beschützen und die Mutter nicht mehr für sie sorgen kann. Sie geht zwar an der Seite der Eltern, fühlt sich aber ganz und gar auf sich selbst zurückgeworfen. Jegliche Sicherheit, die Katja von ihren Eltern kennt, ist ihr in diesen kurzen Augenblicken von den *Nemci* vollkommen genommen worden.

Stumm gehen sie nebeneinander den beschwerlichen Weg, zu dem sie gezwungen werden. Auch Veri und Andrej geben keinen Ton von sich. Nur der kleine Franci und die Tanten weinen noch immer. Als sie schließlich am dritten Nachbarhaus vorbeikommen, sagt Zofija Sturm zu ihren Schwägerinnen im strengen Ton, sie sollen doch endlich zu weinen aufhören, sich auf ihren Stolz besinnen und den *Nemci* nicht zeigen, wie es in ihrem Inneren aussieht.

Diese strenge Aufforderung der Mutter beeindruckt Katja und sie beschließt, dort mitten auf dem Weg zur Bundesstraße, mit den Uniformierten links und rechts von ihnen und den weinenden Tanten hinter sich, es ihrer Mutter gleichzutun und den *Nemci* ebenfalls nicht zu zeigen, welch große Angst sie vor ihnen hat. Katjas Fantasien spielen Staccato, wenn sie nur eine Sekunde daran denkt, was ihr diese lauten und bösen Menschen alles antun könnten, würde sie ihnen nur einen Moment lang zeigen, wie sehr sie sich fürchtet. In diesem Moment legt sie sich einen Umhang um, er wird für Katja das Schild einer Kriegerin. Sie will damit unverletzbar werden. Der Umhang ist ihr Versprechen an sich selbst. Sie nimmt sich das Versprechen selber ab und weiß die Anweisung der Mutter wie einen Umhang, in den sie sich einhüllen will und der ihr vor den *Nemci* Schutz bieten soll, von nun an zu tragen. Sie hat keine Ahnung, wie lange sie diesen Umhang bei sich haben muss, um ihn im richtigen Augenblick verwenden zu können. Mag es ein Monat, eine Woche, ein Jahr sein, oder doch vielleicht mehr? Katja ahnt noch nicht, dass sie ihn für lange Jahre in ihrem Leben nicht mehr ablegen wird können.

Hinter den Feldern an der Bundesstraße steht ein roter Autobus. Die Sturms werden hineingezwungen und sie sind nicht die Einzigen, die aus Zinsdorf fortmüssen. Onkel Mihael wird mit seinen beiden Söhnen und seiner Tochter in den Bus verfrachtet und auch noch eine weitere Familie aus der Ortschaft.

Niemand von ihnen kann wissen, dass auch an vielen weiteren Straßen in Kärnten rote Busse stehen, um Menschen abzuholen, unweit der Dörfer, aus denen die zur Deportation ausgesuchten slowenischen Familien stammen. Sie werden alle nach Ebenthal gebracht, südöstlich von Klagenfurt. Dort sammeln die Nationalsozialisten 1.075 Menschen, die als politisch unzuverlässig gelten, weil sie ihre slowenische Herkunft und ihre Muttersprache nicht verleugnen, die weiter ihre Lieder singen und ihre Geschichten erzählen. Aber es ist schliesslich nicht nur die Sprache und nicht nur ihre slawische Herkunft. Sie alle gelten auch deshalb als politisch unzuverlässig, weil sie über Besitz verfügen, auf den die Nationalsozialisten ihr gieriges Auge geworfen haben.

Hier sitzen sie nun mitsamt ihren Kindern und ihren Alten, in den Baracken und davor auf dem sonnigen Platz. Sie sind diejenigen, die alles verloren haben. Mitten unter ihnen ist die sechsjährige Katja als eine unter den 1.075 Verschleppten. Die *Nemci* kategorisieren sie als politisch unzuverlässig, ebenso wie ihre kleinen Brüder Franci und Andrej, ihre Schwester Veri, die Tanten, die Mutter und den Vater. Ihre Deportation ist Teil der nationalsozialistischen Antwort auf die «Kärntner Frage». Die Kärntner Slowenen und Sloweninnen werden in die Zwangsarbeit oder in Konzentrationslager verschleppt oder auch direkt in die Wehrmacht eingezogen, der Rest soll durch massive Germanisierungsmaßnahmen unterworfen und assimiliert werden. Die Nationalsozialisten rechnen offensichtlich nicht damit, dass sich der Widerstand der Slowenen als Reaktion auf die Deportation ausweitet und sich viele mit den Partisanen aus Jugoslawien verbünden und zusammen gegen das braune Regime einen jahrelangen erbitterten Kampf führen werden. Viele der in die Wehrmacht eingezogenen Slowenen werden beim ersten Heimurlaub desertieren und in den Wald gehen, zu den Partisanen. «Der Kärntner spricht deutsch.»

Ebenthal

Die roten Autobusse spucken sie neben den Geleisen nach Klagenfurt aus. Für die Slowenen hat man einen in der Sonne glitzernden Stacheldrahtzaun rund um das Gelände gezogen und frisches Stroh auf die Böden der Baracken gestreut. Betten, Kästen, Tische und Sessel, die hier zuvor in Gebrauch waren, wurden rechtzeitig fortgeschafft.

Als Katja aus dem Bus steigt, weiß sie schon längst, dass sie hier nichts Gutes erwarten kann. Auch ihre schöne Handtasche und der Mantel, den sie sonst nur anzieht, wenn sie die Gril-Großmutter oder eine der Tanten besucht, können das Mädchen nicht darüber hinwegtäuschen, was hier passiert.

Nach den Uniformierten, die sie vom Hof getrieben haben, gibt es hier noch mehr *Nemci,* die in ihren blank gewichsten Stiefeln und schwarzen Uniformen mit Waffen im Anschlag Angst und Schrecken verbreiten und das Lagergelände kontrollieren. Katja hält sich weiter daran, niemanden zu zeigen, wie sehr sie das alles bedrückt. Sie spürt die Angst über ihren Rücken in den Nacken kriechen, aber in ihrem Inneren wächst auch diese starke Feindschaft, die sie gegen die *Nemci* verspürt, diese ungehobelten Barbaren, die sie so ohne jeglichen Anstand vom Toman-Hof fortgebracht haben.

Sie versucht das Gesicht der Mutter zu entschlüsseln, während diese neben ihr her geht. Es ist immer noch wie versteinert. Die Miene, die Zofjia Sturm den Soldaten zugesteht, ist abweisend. Dass sie so unendlich wütend ist und Angst hat, sie könnte im Tumult der Ankunft im Lager eines ihrer Kinder verlieren, will sie sich vor den SS-Männern nicht anmerken lassen. Keine Gefühlsregung sollen die *Nemci* zu Gesicht bekommen. Keine einzige.

Unauffällig wacht Zofija Sturm darüber, ihre vier Kinder ständig um sich zu haben, nicht auszudenken, dass eines im Getümmel verloren geht. Franci, den Jüngsten, trägt sie weiter in ihren Armen. Veri, Katja und Andrej wissen auch ohne ein Wort der Ermahnung, dass sie sich in all dem Durcheinander nicht von der Mutter wegbewegen sollen. An ihrem Rockzipfel hängen, das müssen sie. Sonst nichts.

Andrej Sturm wird, während seine Frau damit beschäftigt ist, die Kinder im Auge zu behalten, ein offizielles Schriftstück ausgehändigt. Darin wird er mitsamt seiner Familie zum Volks- und Staatsfeind erklärt. Auch die offizielle Enteignung des Toman-Hofes ist darin festgehalten. Das Gut ist in den Besitz des Deutschen Reiches übergegangen.

Insgesamt 221 kärntnerslowenische Familien werden in Ebenthal enteignet und zu Staats- und Volksfeinden erklärt. Sie werden, wie es bei den Nationalsozialisten üblich ist, dafür bestraft, wer sie sind. Bei den 221 Familien geht es aber nicht nur um die slowenische Herkunft und das slowenische Selbstverständnis, sondern auch um den Besitz. Keine Familie hier hat nur eine kleine Keusche, die kaum genug zum Leben abwirft. Nein, hier handelt es sich um wirtschaftlich gut dastehende Höfe slowenischer Bauern, die von «volksdeutschen» Bauern aus dem italienischen Kanaltal und aus dem slowenischen Mießtal übernommen werden sollen.

Die Unterjochung slawischer Menschen und natürlich die Bereicherung des braunen Staates wird mit dem kruden Weltbild der Nazis gerechtfertigt. Und nun ist Andrej Sturm, der Herr am Toman-Hof in Zinsdorf, der wie alle hier in Ebenthal seine Herkunft und sich selbst nie verleugnet hat und der darüber hinaus immer für die slowenische Gemeinschaft und die benachteiligten Slowenen eingestanden ist, ein ausgewiesener Staatsfeind.

Die *Nemci* führen detailliert darüber Buch, was sie den kärntnerslowenischen Bauernfamilien organisiert stehlen und dabei kommen nun die «volkspolitisch zuverlässigen» Kanaltaler ins Spiel, die sich auf den nun freigewordenen Höfen einrichten sollen und schon längst ihr Interesse an den Möglichkeiten, die der Aufruf «Heim ins Reich» mit sich bringt, bekundet haben. Es sind allesamt Optanten, die zumeist nicht viel besitzen und die Zuhause kaum Grund und Boden ihr eigen nennen können, und die der Italienisierung im Kanaltal entkommen wollen. Diesen sogenannten «Volksdeutschen» werden größere Höfe versprochen und auch zugeteilt. Sie werden Pächter, die Höfe bleiben vorwiegend im Eigentum des Staates, der hier in Ebenthal mittels detaillierter Aufstellungen festhalten lässt, was ihm nun alles gehört, was er sich alles aneignet, was er alles verpachtet, ehe die vorherigen Besitzer deportiert werden. So passiert es auch mit dem Hof von Andrej Sturm. Niemand von den zur «Aussiedlung» nach Ebenthal verbrachten und hier festgehaltenen Slowenen ist ohne Besitz. Aber all diese Besitztümer, die den Slowenen geraubt werden, genügen den Optanten allerdings nicht. Die «Neuen» aus dem italienischen Kanaltal und dem jugoslawischen Mießtal wollen mehr als die insgesamt 5.542 Hektar, die 197 Pferde, 1.490 Rinder und 1.291 Schweine und die gezählten 874 Schafe. Nur woher soll der NS-Staat dieses mehr nehmen? Da die Deportationen im April 1942 von Teilen der deutschsprachigen Mehrheit im Land nicht besonders positiv aufgenommen worden sind, ist eine weitere «Aussiedlungsaktion» nicht möglich, denn die Machthaber setzten auf Beruhigung in der Bevölkerung und auch unter den Neuangesiedelten. Über den Widerstand aus den Wäldern werden sie noch überrascht sein.

Die langen Holzbaracken in Ebenthal erinnern Katja an die Kuhställe daheim am Hof, allerdings fehlen hier die Futtertröge, die Wasserkübel, die Schammerl, die Tiere. Hier sollen sie nun die Nacht verbringen. Zudem werden viel zu viele Menschen in die Baracken gepfercht. Für die Slowenen reicht der Platz nicht aus. Aber dass es knapp wird, hat System und ist alles andere als ein Zufall.

Erst entfernten die Soldaten vorsorglich die Stockbetten und jegliche andere Einrichtung, die es noch vor wenigen Tagen in den Ebenthaler Baracken gab. Für die Slowenen muss Stroh auf dem Fußboden genügen, für die kurze Zeit, bis sie fortgebracht werden. Der Aufenthalt der «Aussiedler» beträgt drei Tage. In einer dieser länglichen Baracken liegt Katjas Großmutter, Franciska Gril, die ihre Enkelin bis zu diesem Zeitpunkt nur als elegante und überaus geistreiche Frau kennt. Als sie neben ihrer Mutter vor der am Boden liegenden Großmutter steht, erkennt Katja, dass es jedenfalls richtig war, die Tasche mitzunehmen, um nicht nur im Kleid mit dem Mantel vor der Großmutter zu erscheinen.

Diese Ausstattung ist aber bei allem Irrsinn in dem Sammellager auch schon das einzig Wahrhaftige. Neben der Großmutter liegt das jüngste Kind von Onkel Maks und Katja sieht den seltsamen Blick ihrer Großmutter, die zu Katjas Mutter sagt, dass sie die Mädchen mitbringen soll, wenn sie wieder auf Besuch kommt. «Zofka, pridi spet, pridi spet in deklice seboj pripelji» sagt sie in einem fort «Zofka, komm wieder, komm wieder und bring die Mädchen mit». Katja versteht nicht, warum die Großmutter davon spricht, dass sie beim nächsten Besuch mitgebracht werden sollen, sie steht doch gemeinsam mit Veri und der Mutter direkt vor ihr.

«Bring sie mit», die Mädchen hängen am Rockzipfel der Mutter. Katja sucht den Blick von Veri, die aber keinen noch so kurzen Moment zu ihrer kleinen Schwester schaut, sondern der Großmutter alle Aufmerksamkeit schenkt. Katja versteht, dass sie vorsichtig sein muss, dass sie still sein muss und zur Großmutter besser nichts sagt, um sie nicht noch mehr aus der Fassung zu bringen, die sie aber offensichtlich schon längst verloren hat. Nach all den Überlegungen, die sich Katja hier im Angesicht der auf dem Boden liegenden Großmutter stellt, ist sie schließlich davon überzeugt, dass die Großmutter den Verstand verloren haben muss. Wie kann es sonst sein, dass die elegante und geistreiche Franciska Gril nicht weiß, dass ihre Enkelinnen direkt vor ihr stehen und ihre Tochter Zofija nicht auf Besuch bei ihr in Unterlinden ist.

Vielleicht glaubt die Großmutter, überlegt Katja, sie sitze im Salon ihres Hauses, mit ihrem fernen und entgeisterten Blick. Aber dann bricht ihre Stimme wieder und sie flüstert leise, so dass sie fast niemand verstehen kann, als wäre sie die Einzige, die weiß was hier mit ihnen geschieht: «Nas nekam vle ejo,» wiederholt sie, «die Deutschen schleppen uns irgendwo hin». So wie sie diese Worte leise vor sich hin flüstert, wird Katja klar, dass sie damit ihrer Tochter Zofija ein Geheimnis anvertraut. Die Gril-Großmutter wird gemeinsam mit Onkel Maks, seiner Frau Kundigunde und ihren Kindern deportiert. Doch dann macht der Ortsbauernführer Kočmar aus Diex seinen Einfluss geltend, er ist schließlich der Bruder von Kundigunde. Maks muss im Lager bleiben, aber der Rest seiner Familie darf nach Hause. Franciska Gril stirbt am 20. August 1944, knapp 84-jährig in Diex, während ihre verschleppte Familie in verschiedenen Zwangsarbeitslagern der Nationalsozialisten festgehalten wird.

Nichts in Ebenthal macht Sinn. Weder die Sätze, welche die Großmutter von sich gibt, noch die Zustände, die ihnen hier zugemutet werden. Katja denkt daran, dass vor ein paar Stunden noch alles in bester Ordnung schien, dass dieser Tag wie jeder andere Tag seinen Lauf nahm: Veri war in der Schule, sie selbst spielte mit Andrej, die Eltern waren am Markt in Klagenfurt. Innerhalb weniger Stunden hat sich ihr Leben grundlegend verändert. Sie hält sich an der Seite der Mutter. Immer wieder bleiben sie stehen, die Mutter spricht mit Freunden, Bekannten und auch Verwandten, die ebenfalls hierher gebracht wurden. Und es kommen immer mehr. Die

Stimmung im Lager ist bedrückend. Niemand kann wissen, was mit ihnen geschehen soll. Gerüchte machen die Runde und unsägliche Panik durchdringt die Festgehaltenen. Aber keiner von ihnen will den *Nemci* zeigen, wie es ihnen wirklich geht. Keiner. Auch wenn das nicht allen so gut wie Katja gelingt. Nicht alle hier haben einen Umhang wie sie, der ihr hilft und der auch ihr Geheimnis bleibt.

Die SS beginnt währenddessen die Slowenen zur Dokumentation der gelungenen «Aussiedelung» zu fotografieren. Eines dieser Bilder wird später Jahrzehnte lang in der Fachliteratur auftauchen und auch in einem Museum zu sehen sein. Es zeigt Zofija Sturm, die den kleinen Franci auf dem Arm trägt und an sich presst, während sie über den Lagerhof geht. Neben ihr im Schatten ist Katja mit einer großen Spange im Haar zu sehen. Katjas Mutter trägt eines ihrer guten englischen Kostüme. Sie hat es in der Früh für ihre Fahrt nach Klagenfurt zum Markttag angezogen. Es sind die Umstände dieses schwarzen Tages, die ihr das Kostüm am Leib zerknittert haben.

Zofija Sturms sonst üblicher Hut fehlt. Sie muss ihn nach ihrer Rückkehr aus Klagenfurt, als die *Nemci* schon im Haus waren, abgenommen und nicht mehr daran gedacht haben, ihn wieder aufzusetzen. Sie verheimlicht ihre Angst, sie ist voll Zorn über die Deportation, und dass sie nun auch noch ungefragt fotografiert wird. Geht es ihnen darum, die Schmach der Slowenen hier im Lager für alle Ewigkeit zu dokumentieren?

Zofija Sturm blinzelt mit den Augen, um nicht von der Aprilsonne, die ihr so stark ins Gesicht scheint, geblendet zu werden und wohl auch um die SS-Männer im Lager nicht so deutlich sehen zu müssen, etwa jenen, der sie ungefragt fotografiert hat. Vom blonden Franci ist nur der Rücken zu sehen. Die Träger seiner winterlich anmutenden Hosen sind etwas über den gemusterten Wollpullover verrutscht, seine Beinchen stecken in festen Strümpfen und geschnürten Lederschuhen, die er erst zu Ostern, keine zwei Wochen zuvor, bekommen hat. Er hat seinen linken Arm um die Mutter geschlungen, sein Gesicht ist über die Schulter von Zofija Sturm gewandt. Er weint ununterbrochen und lässt sich von niemanden beruhigen, auch nicht von seiner Mutter, an die er sich klammert. Zofijas linke Hand ist auf dem Foto nicht deutlich zu erkennen, versucht sie den aufdringlichen uniformierten Fotografen zu verscheuchen?

Auf dem Foto sind, ein gutes Stück hinter Zofija Sturm und stark verschwommen, ein paar erwachsene Personen zu sehen. Eine davon ist schwarz gekleidet. Katja Sturm-Schnabl erinnert sich auch noch viele Jahre später daran, dass dies einer der SS-Männer im Lager war.

In der Zeit, die sie hier ausharren, muss Andrej Sturm eine detaillierte Aufstellung seines zurückgelassenen Besitzes anfertigen. Alles an beweglichem und unbeweglichem Besitz am Toman-Hof wird vermerkt. Nicht weil er es irgendwann zurückbekommen soll, sondern damit die neuen Eigentümer wissen, was alles zu ihrem gestohlenen Besitz in Zinsdorf dazugehört und was sie den Pächtern aus dem Kanaltal überlassen werden. Es geht um den Pachtzins, den der nationalsozialistische Staat von den Optanten verlangen wird.

Drei Tage und Nächte bleiben die Slowenen in Ebenthal, ehe sie Kärnten schließlich verlassen müssen. Die Nächte in den langen Baracken bereiten sie darauf vor, was noch alles kommen wird. Die Kinder liegen eng aneinander gedrückt zwischen den Eltern. Es darf niemand von ihnen verloren gehen. Als sie fortgebracht werden, kommen keine roten Autobusse zum Sammellager, um sie abzuholen. Sie werden in Viehwagons gezwängt. Ehe sich der Zug in Bewegung setzt, wird es Abend. Sie verschwinden aus Kärnten nicht ungesehen.

Transport

Forth, Spalt, Hesselberg, Hagenbüchach und Markt Bibart sind die Ziele der Deportation für den 1. Transport. Glasow und Frauenaurach die Ziele der Deportation für den 2. Transport. Katja und ihre Familie gehen auf den 2. Transport, Glasow in Westpommern ist ihre erste Station. Im Wagon gibt es weder Sitzgelegenheiten noch Fenster. Ihnen wird kein Personenwagen zugestanden, nur ein Viehwagon. Alles was es gibt ist eine Schiebetür, die krachend hinter ihnen zugezogen wird und Kübel, um sich erleichtern zu können. Sie sitzen im Dunkeln eng zusammengerückt am Boden des ratternden Zuges. Sie fahren durch eine dunkle Frühlingsnacht, von der sie durch die hauchdünnen Ritzen in den Holzwänden aber nicht viel mitbekommen. Frische Luft kommt auch fast keine in die Wagons.

Der Mond steht zu weit oben am Himmel, die Dörfer und die Städte, durch die der Zug fährt, sind verdunkelt. Im fensterlosen Wagon verdichtet sich um Katja die Angst und die Unsicherheit der Erwachsenen, leises Wimmern, da und dort auch verhaltenes Schluchzen. Sie bekommt in der Umarmung der Mutter kaum Luft. Katja ist es nicht gewohnt so lange, so eng mit den anderen beisammen sein zu müssen. Alle Freiheiten, die sie und ihre Geschwister haben, wurden ihnen genommen. Vor vier Tagen waren sie noch zu Hause, hatten noch an ihrem eigenen Tisch gegessen und in ihren eigenen Betten geschlafen. Jetzt sind sie fort vom Hof, fort aus ihrem Haus, fort aus ihren Betten.

Die Dunkelheit, einem schweren Tuch gleich, drückt sie aneinander, bis die zusammengepferchte Menschen im Wagon in Bewegung kommen, soweit dies überhaupt möglich ist, in Momenten schierer Panik. Jemand zündet eine Kerze an, um dieser Dunkelheit zu entkommen. Die Erwachsenen beginnen aufgeregt im Kollektiv zu rufen, dass die Kerze wieder ausgelöscht werden muss. Jetzt. Sofort. Die Angst vor einem Brand ist zu groß, da ist die beständige Dunkelheit doch noch leichter zu ertragen, an die können sie sich gewöhnen.

Katja bleibt gemeinsam mit ihren Geschwistern in der Umarmung ihrer Mutter festgezurrt. Die Tanten und ihr Vater bilden einen engen Kreis um die Kinder. Weder mit Katja noch mit den anderen Kindern im Wagon wird gesprochen. Die Erwachsenen sind in dieser fahrenden Finsternis vor allem damit beschäftigt ihre Verzweiflung unter Kontrolle zu halten. Auch wenn sich Ahnungen und schreckliche Befürchtungen schon seit dem Lager in Ebenthal breitmachen, hat niemand hier im Wagon eine Vorstellung davon, was wirklich auf sie zukommen würde.

Die drei Tage im Lager und die Fahrt im Viehwagon sind schließlich alles andere als eine Einschüchterungsmaßnahme, wie es noch die Kommission gewesen war, die auf dem Toman-Hof auftauchte. Die Deportation ist keine Drohung mehr, sie ist schon das Unglück selbst.

Katjas Augen gewöhnen sich bald an die Dunkelheit. Durch die Ritzen der Holzplanken des Viehwagons schaffen es ab und zu ein paar Schimmer Tageslicht, trotz der konstanten

Finsternis wechseln sich Tage und Nächte auf dieser Reise ab. Eingepfercht vergeht die Zeit, ohne ausreichend Nahrung. Irgendwann geht auch der sorgsam portionierte Proviant zur Neige und die letzten Reste werden aufgeteilt. Es gibt keine Möglichkeit, sich zu bewegen und da ist noch der beißende Geruch, der aus den Kübeln aufsteigt, auf denen sich die Menschen entleeren. Aber selbst der ist irgendwann auf dieser Fahrt, in diesem schrecklichen Eingepferchtsein, normal. Immer wieder bleibt der Zug stehen, doch nie gehen die Schiebetüren auf. Die Reise dauert Tage, Nächte. Dann hält der Zug schließlich. Die Schiebetüren werden aufgerissen. Sie steigen aus, niemand sagt ihnen, ob sie angekommen sind oder was sie hier erwartet. Frankfurt an der Oder. Katja kann den deutschen Namen des Ortes nicht lesen. Einige der Erwachsenen scheinen zu wissen, wo sie sich befinden. Sie warten und verstehen, dass dieser Bahnhof noch nicht das endgültige Ziel ist. Sie werden bewacht, aber wenigstens können sie sich hier am Bahnsteig etwas die Beine vertreten und frische Luft schnappen. Katja kann mitten auf dem Bahnsteig nach den langen Stunden in der Umklammerung ihrer Mutter endlich wieder frei atmen, sie will fort. Sie weiß genau, dass sie keine einzige weitere Minute zusammengekauert in dem ratternden, dunklen Viehwagon verbringen kann. Katja will alles dafür tun, dass diese Reise hier ein Ende findet. In der allgemeinen Aufregung gelingt es ihr, sich rasch aus der Reichweite der Mutter zu entfernen, sie versucht davonzulaufen. Zofija hat in ihrer Anstrengung und Müdigkeit für nur einen einzigen Moment die Kinder losgelassen. Die Wachen übersehen sie und Katja rennt für ein paar Momente, die alles entscheiden könnten, über den Bahnsteig davon.

Die Umgebung ist grau und trostlos, sie bewegt sich vorsichtig zwischen allerlei Gestängen, die hier herumliegen, den Schienen entlang. Sie kommt rasch bis zu einer großen eisernen Brücke und bemerkt erst dort, als sie sich umdreht, dass ihre Mutter nicht mehr zu sehen ist.

Panische Angst steigt in ihr hoch und Katja wird in diesem Augenblick klar, dass der Plan davonzulaufen wohl doch nicht der richtige war. Sie dreht sich um, sieht die anderen in einer Entfernung, die sie überwinden muss, sie stolpert, aber beeilt sich zurückzukommen, ehe der Zug weiterfährt. Katja weiß, sie muss rechtzeitig die anderen erreichen, ehe sie alle wieder einsteigen, ehe die Türe hinter ihnen zugezogen wird und die Fahrt weitergeht, sonst muss sie hier an diesem merkwürdigen Ort allein zurückbleiben. In ihrem Hals drückt sich die Angst nach oben, aber sie weint nicht, sie trägt ihren Umhang.

Endlich sieht sie in der Menschenmenge ihre Mutter und zwängt sich zwischen den eng beieinanderstehenden Erwachsenen an sie heran, bleibt an ihrer Seite, als sie wieder in den Viehwagon zurückmüssen. Wohin sie auch immer gehen, Katja verlässt die Seite ihrer Mutter, die ihrer Eltern nicht mehr.

Das neuerlich in der Dunkelheit zusammengepfercht sein dauert nicht mehr so aussichtslos ewig wie zuvor. Trotzdem wird Katja nie mehr völlige Dunkelheit und Enge ertragen.

Noch Jahrzehnte später wird sie nicht verstehen, warum sie bei völliger Dunkelheit nicht in den Schlaf findet und warum sie auf enge Räume so panisch reagiert. Es wird Jahrzehnte dauern, aber irgendwann versteht sie, dass es jede einzelne Nacht die Dunkelheit des Zuges ist, die sich wieder und wieder über sie hermacht.

Als das nächste Mal die Schiebetüren aufgerissen werden, schlägt ihnen wieder ein lautes, hektisches deutsches «Aussteigen, aussteigen!» entgegen, sie stolpern verängstigt aus den Wagonen. Die Alten, die Kinder, die Frauen, die Männer, sie alle sind übermüdet, hungrig und fragen sich, was nun mit ihnen geschehen wird.

Vom Bahnhof werden sie unter Bewachung über die staubige Landstraße gescheucht. Zofija Sturm drückt ihre Kinder so gut es geht an sich. Es ist fast so, als würde sie ihre Kinder auch deshalb so festhalten, um für sich selbst noch etwas Sicherheit zu gewinnen. Am Straßenrand stehen Menschen mit staunenden Augen und offenen Mündern, die in einem Moment ihres Alltags diese erbärmliche Prozession der erschöpften Neuangekommenen beobachten. Katja hört ihre Mutter zum Vater flüstern «lauter polnische Gesichter». Sie weiß es noch nicht, aber ihre Mutter zitiert wieder, wie sie es immer auch daheim am Hof zu tun pflegte. Sie hält ihre Kinder fest an den Händen und rezitiert dabei ihren geliebten Henryk Sienkiewicz: «und doch wird es wieder einmal Polen werden», wiederholt sie wieder und wieder auf dem Weg ins Lager.

Sie sind nun in Rehnitz angelangt, wo sie in einem weitläufigen Gebäude untergebracht werden. Auch wenn dieses Städtchen im Jahre 1942 offiziell im Deutschen Reich liegt, wird Katjas Mutter mit ihrem Sienkiewicz-Zitat recht behalten. Sie befinden sich in Westpommern, das bis zum deutschen Überfall und dem Einmarsch der Wehrmacht im September 1939 über Jahrhunderte ein Teil von Polen war.

Wie im Lager in Ebenthal treffen sie auch hier auf SS-Männer, die sie bei der Ankunft zur Einschüchterung anbrüllen. Sie werden auf verschiedene Räume aufgeteilt. In jedem der Zimmer werden mehrere Familien untergebracht. Wenigstens sind auch die Tanten bei ihnen geblieben. Die Erwachsenen sind damit beschäftigt, ihre Betten zu überziehen, als sie unter erneutem Gebrüll in den Keller getrieben werden. Dort erwartet sie noch mehr Schreierei.

Sie müssen sich rasch ausziehen. Auch die Unterwäsche müssen sie auf ihren Stoß Wäsche legen. Katja macht es den Erwachsenen nach. Nackt. Sie sollen sich duschen. Sie sieht den zu tiefst erschrockenen Gesichtsausdruck ihrer Tante Mica, als das Kommando zum Entkleiden und Duschen durchgegeben wird. Katja versteht nicht, was hier passiert und sie versteht das Erschaudern der Tante nicht. Viele Jahre später wird ihr Tante Mica davon erzählen, dass sie davon überzeugt war, es wären die berüchtigten Todesduschen. Für Katja bleibt es für immer ein Rätsel, wie ihre Tante schon im April 1942 von den als Duschräume getarnten Gaskammern Bescheid wissen konnte.

Nach 1945 behaupten so viele, sie hätten nichts von den Gräueltaten der Nationalsozialisten gewusst. «Wie sollte das alles möglich gewesen sein? Wir haben doch nichts davon geahnt.» Nichts davon geahnt, dass es Gaskammern gab? Nichts vom Verschwinden der Nachbarn, die am helllichten Tag auf Lastwagen verladen wurden. Nichts von den Menschen bemerkt, die durch die Dörfer getrieben wurden, weil sie dem Regime nicht passten. Nichts von den Hinrichtungen politischer Gegner, die auf rosa Plakaten an den Litfaßsäulen im Reich angekündigt wurden. Wegen Hochverrat. Nichts von denen die in Wien, Graz, München oder auch in Berlin hingerichtet wurden. Nichts von den deportierten Nachbarn, die gar nicht heimlich abgeholt wurden. Wenn nun also so viele Menschen in den großen Städten «nichts» davon gewusst haben wollten, wie kam es, dass andere sehr wohl wussten was geschah, selbst in den kleinsten Dörfern in Kärnten, wie bei den Sturms am Toman-Hof. Sie hörten nicht weg, wenn von Neuigkeiten über die Bedrohungen und Verfolgung durch die Nationalsozialisten die Rede war. 1942 wurden ja auch schon Slowenen in die Konzentrationslager verschleppt. Nicht nur Onkel Franjo, auch Onkel Franc, einer der Brüder Zofijas. Vielleicht wussten sie es, weil die Bedrohung auch ihnen galt. Die Bedrohung, die nicht nur die anderen, die Juden, die Roma, die Kommunisten betraf. Vielleicht hat Tante Mica deshalb schon im April 1942 eine bis ins Mark erschütternde Ahnung von dem, wozu die Nationalsozialisten fähig sind.

Drei Monate bleiben sie in Rehnitz. Die lokale SS weiß nicht so recht, was sie mit den deportierten Slowenen anfangen soll. Diese beständige Unklarheit mildert aber keineswegs die Härte der SS-Männer. Katja hat ihren Umhang und hält sich eisern an den Beschluss, den sie auf dem Weg fort vom Toman-Hof gefasst hat. Sie macht es ihrer Mutter nach, sie zeigt niemanden ihre Gefühle. Sie lehnt alles ab, was ihr von den *Nemci* entgegengebracht wird. Nahrungsaufnahme wird für sie zu einer Herausforderung, die sich bis zur Befreiung nicht bessert.

Im großen kollektiven Unglück findet sie sich mit ihrem eigenen Kampf, ihrer Auseinandersetzung mit den *Nemci* wieder. Sie will ihnen nicht gehorchen und muss es doch tun. Sie will nichts von ihnen annehmen. Sie ist zornig und unglücklich. Dieser Zustand, dieser Kampf, dieses Unglück setzt sich schon am Tag der Ankunft fest. Nach dem Duschen im Keller werden die Kinder von den Erwachsenen getrennt und in einen eigenen Speisesaal geführt. Dass die Kleinsten ohne ihre Eltern weinen und alle größeren Kinder verschreckt starr auf ihren Plätzen sitzen, scheint Teil des Plans der Deutschen zu sein.

Im «Kinderspeisesaal» bekommen die Kinder an ihrem ersten Tag volle Teller vorgesetzt und während sie diese aufessen sollen, schreitet der Lagerführer bedrohlich durch den Raum. In einer Hand hält er an kurzer Leine einen großen Schäferhund, in der anderen Hand für die eingeschüchterten Kinder eine Peitsche. Einsatzbereit.

Er geht neben dem langgestreckten Tisch auf und ab und brüllt in einem für Katja unverständlichem Deutsch auf die verängstigten Kinder ein. In seinem bedrohlichen Tonfall meint sie eine überaus unfreundliche Aufforderung zum Aufessen zu verstehen. Sie trägt ihren Umhang, um dem Lagerführer ihre Angst nicht zu zeigen. Schon auf dem Weg zum roten Bus beschloss Katja, nichts von den *Nemci* anzunehmen, was auch immer sie ihr im fragwürdigen Tauschhandel zur Deportation anbieten wollen und so verweigert sie nun das vorgesetzte Essen. Sie sollte nach den Strapazen der Zugsfahrt hungrig sein und sich auf einen vollen Teller freuen. Aber sie hat diesen Entschluss nun einmal gefasst und daran ist nicht zu rütteln. Während sie mit gesenktem Blick vor dem vollen Teller sitzt, wird in ihrer überaus lebhaften Fantasie der Schäferhund vom Lagerführer auf sie gehetzt. Katja sieht sich in tausend kleine, blutige Stücke zerrissen. Trotzdem bleibt sie dabei: Sie rührt den Teller nicht an. Vielleicht ist sie das einzige Kind, das das Essen verweigert, sie ist aber mit Sicherheit nicht das einzige Kind in diesem «Kinderspeisesaal», das von Angst durchdrungen ist. Die Luft vibriert geradezu vor Angst.

Veri versteht sofort, was mit ihrer kleinen Schwester los ist. Sie redet auf sie ein, so gut es geht, und versucht sie zu überzeugen doch auch zu essen, wie die anderen, wie sie selbst. Katja soll sich einen Ruck geben und den vorgesetzten Teller leeren. Es sei doch nichts dabei.

Doch sie bleibt stur und verweigert das Essen der *Nemci*. Sie hat sich selbst das Versprechen gegeben, als sie vom Toman-Hof geholt wurden, und sie ist vollkommen davon überzeugt, dass sie das deutsche Essen um keinen Preis hinunterwürgen kann, wäre es doch nichts als ein Zugeständnis an den Feind. Jede einzelne Faser in ihrem Körper stärkt sich. Sie haben sie aus ihrem Leben fortgerissen. Wie soll sie da etwas von ihnen annehmen können. Sie will nichts, schon gar kein Essen, das für sie mit Liebe und Freude verbunden ist. Andere

Kinder hungern im Lager, Katja verweigert und kann sich später auch an keinen Tag in den drei Jahren erinnern, an dem sie hungrig gewesen wäre.

Veri ist deutlich pragmatischer und nimmt sich ein Herz, genau in einem Moment, als der Lagerführer gerade nicht in ihrer Nähe ist, sondern die Kinder am anderen Ende des langen Tisches drangsaliert. Keiner seiner hasserfüllten Blicke kann die Toman-Schwestern treffen, also tauscht Veri die beiden Teller und schlingt blitzschnell Katjas Portion hinunter. So rettet sie ihre kleine Schwester vor einer ersten drohenden Bestrafung im Lager. Katja ist davon überzeugt, dass ihr Veri in diesem Moment mit diesem selbstlosen Einsatz das Leben gerettet hat. Es wird nicht das einzige Mal gewesen sein, dass Veri ihre Schwester hilft, indem sie ihr Essen hinunterschlingt.

Zofija Sturms erster Einsatz zur Zwangsarbeit in Westpommern führt sie in ein armseliges Häuschen am See nahe dem Lager. Katja begleitet ihre Mutter zu einer Bauernhütte, in die sie zum Aufräumen abkommandiert ist. Dem Mädchen fällt schon beim Eintreten auf, dass das ganze Häuschen nicht viel größer ist als das Wohnzimmer daheim am Toman-Hof. Die Stimmung ist beklemmend, denn die Frau genießt die Gelegenheit, eine der Frauen aus dem Lager bei sich putzen zu lassen. Sie platzt beinahe vor Stolz und führt all die Schätze vor, die sie in ihrem mehr als bescheidenen Heim in den vergangenen Monaten gehortet hat. So wie sie sich benimmt, scheint sie wenig Besuch von anderen Frauen aus dem Ort zu bekommen. Ihr Mann sei Soldat in Jugoslawien und schicke wöchentlich Pakete nach Hause, sagt sie. Das beengte Häuschen ist übervoll mit wunderschönen Vorhängen, kostbarer Bettwäsche und anderen hochwertigen Haushaltswaren.

«Und sie schämt sich überhaupt nicht, sie muss doch wissen, dass ich begreife, dass es sich um lauter gestohlene Sachen handelt», sagt Zofija Sturm kopfschüttelnd am Abend, zurück im Lager zu den anderen, als sie von den abstrusen Vorführungen erzählt. Die Familie nickt zustimmend und Katja begreift, dass all die schönen Dinge, die sie auf dem Toman-Hof zurücklassen mussten, die Puppen, ihre Spielsachen und die Bücher wohl jetzt im Haus eines *Nemec* stehen und für sie für immer verloren sind. Kann es sein, dass sich in Kärnten jemand an den gestohlenen Sachen von ihnen so erfreut, wie die Frau in dem kleinen Haus?

Zofija muss nicht mehr zur stolzen Deutschen in ihre Hütte, bald schon wird sie in einem bürgerlichen Haus als Haushaltshilfe verpflichtet. Kurz bevor sie Westpommern in Viehwagons Richtung Süden verlassen, ist sie auch noch Erntehelferin statt auf dem eigenen Hof zu arbeiten.

Drei Monate bleiben sie hier in Rehnitz, bis in den Sommer, ehe sie wieder in den Zug steigen müssen und an den Ort kommen, wo sie bis zur Befreiung bleiben sollten. Daheim am Toman-Hof müsste die Ernte schon eingebracht werden. Wer streichelt die Kälber, wenn Katja nicht da ist?

Die Sturms müssen mit den anderen Deportierten weiter, dieses Mal nach Franken. Sie kommen aus dem besetzten Polen nach Deutschland, wo es eine ganze Reihe an Zwangsarbeiterlagern mit vielen Kärntnerslowenen gibt. In Mittelfranken werden die slowenischen Familien aufgeteilt, alle die hier in Rehnitz zusammen waren.

Eichstätt, Frauenaurach, Hagenbüchach und Hesselberg heißen die Orte, an denen Zwangsarbeiterlager für die Deportierten aus Kärnten eingerichtet werden. Hier wird die Arbeitskraft der Erwachsenen und der Jugendlichen ausgebeutet. Kinder wie Katja und ihre Geschwister werden meist sich selbst überlassen. Etwas zu lernen, wie es Kindern in ihrem Alter sonst zusteht, wird ihnen allerdings strengstens verboten. Von der ersehnten Schule ist für die slowenischen Kinder keine Rede. Sie sollen allesamt ungebildetes Arbeitsvieh werden. Später wird Katja herausfinden, dass ihre von der SS geplante Unbildung im Lager ein Teil des «Generalplans Ost» sein sollte. Katja und die anderen Kinder im Lager sollten nichts anderes werden, als slawische Sklaven im Dienst der deutschen Herrenmenschen.

Da ist einzig und allein nur Herr Partl, der zwar auch mit all den anderen deportiert wurde, aber nicht arbeiten kann, wie es die *Nemci* gerne gehabt hätten. Und in Kärnten war niemand da, der sich für ihn verwendet hätte, damit er wieder nach Hause hätte kommen können, ohne die Schmach, hier im Eichstätter Lager festzusitzen. Er versucht, in dieser schwierigen Situation den Kindern wenigstens das Gefühl zu geben, sie würden etwas lernen können. Es gibt keinen Raum, keine Tafeln, keinen Platz für sie alle. Und doch versucht er, den Kindern etwas zu vermitteln. Und sie wissen, auch wenn viele von ihnen noch keine Schule von innen gesehen haben, was ihnen mit der Deportation alles genommen worden ist.

In Eichstätt wird Zofija Sturm schließlich einer Schuhfabrik zugewiesen, die in der Willibaldsburg untergebracht ist. Alle Arbeitsfähigen bekommen ihre Zuteilungen: Der Großteil aus dem Lager wird in Eichstätt und der unmittelbaren Umgebung selbst zur Zwangsarbeit verpflichtet, aber einige Männer müssen weiter fort, so auch Katjas Vater, der nach Karlsruhe kommt. Dort wird er in der Rüstungsindustrie eingesetzt. Ähnlich ergeht es Katjas Tanten, ihren Cousinen und allen, die alt genug sind, um ausgebeutet werden zu können.

Im Eichstätter Lager selbst bleiben tagsüber nur diejenigen zurück, die nicht im Arbeitseinsatz sind, also die Kinder und Greise.

Das Bewachungspersonal und der Lagerführer verbringen ihren Dienst vor allem damit den Festgehaltenen das Gefühl zu vermitteln, nichts anderes als Menschen zweiter Klasse zu sein. Bei den verängstigten Kindern fallen ihre Einschüchterungen auf besonders fruchtbaren Boden. Katja wird Jahrzehnte brauchen, bis sie diese Erniedrigungen hinter sich lassen kann. Die SS will die Kinder brechen, damit sie all das Böse, das ihnen in den Lagern widerfahren ist, mit in das Leben nehmen, das auf sie wartet. So auch Katja, sie soll gebrochen werden, aber die *Nemci* wissen nichts von ihrem schützenden Umhang. Sie, die aus dem Lagerkind ein überlebendes Kind wird. Child Survivor.

Später wird sie bei Treffen mit anderen ehemaligen Lagerkindern nicht nur über die Jahre im Lager sprechen. Bei diesen Zusammenkünften wird ihnen klar, dass sie nicht nur die Erinnerungen an diese Zeit teilen, sondern auch die wiederkehrenden Albträume, die sie in aller Klarheit wieder und wieder gemahnen, dass es den Nationalsozialisten fast gelungen war, sie zu brechen.

Auch wenn sie gemeinsam mit den anderen Kindern die meiste Zeit im Lager sich selbst überlassen werden, gibt es für Katja und alle Kinder ab vier Jahren immer wieder auch Arbeitseinsätze. Die *Nemci* gehen nach dem Prinzip vor: Wer eine Hand heben kann, muss arbeiten, obwohl sie nicht wie die anderen jeden Tag zur Arbeit gezwungen werden.

Schon im ersten Eichstätter Sommer, kaum dass sie angekommen sind, müssen die Kinder auf die Felder der Bauern in der Umgebung, um dort Ähren zu lesen. Als Sechsjährige ist Katja es bereits von daheim gewöhnt, auf dem Hof mitzuhelfen und allerlei ihrem Alter entsprechende Hilfsdienste zu übernehmen. Aber was den Kindern hier in stundenlanger Arbeit auf den Feldern in der prallen Sommersonne abverlangt wird, ist eine völlig andere Geschichte. Hier wird nicht darauf geachtet, dass Kinder nur die einfacheren Hilfsdienste übernehmen und ihnen die Arbeit Freude bereiten soll. Hier ist es egal, wenn die Kinder weinen, stolpern, Durst und Hunger haben und keine Zeit zu verschnaufen. Die geringste Arbeitskraft wird ausgenützt und dabei wird den slowenischen Kindern wieder und wieder deutlich gemacht, dass sie keinerlei Rechte besitzen.

Sie werden vom weiblichen Wachpersonal auf die Felder geführt, die auf einem Plateau über Eichstätt liegen. Der Marsch ist weit und für die Kinder beschwerlich. Der Weg, der mit den Tränen der Jüngsten benetzt wird, scheint für sie kein Ende zu nehmen. Katja fürchtet sich vor den Aufseherinnen und sorgt sich gleichzeitig um Andrej, ihren fünfjährigen Bruder, den sie nicht trösten darf. Er ist eines der jüngeren Kinder, die so bitterliche Tränen weinen, während sie am Feld arbeiten und dabei vor Hunger und Durst nicht wissen, was mit ihnen geschieht.

Die schrillen Stimmen der Aufseherinnen und das Weinen der Kleinen werden Katja aus diesem Sommer in Eichstätt in ihrer Erinnerung bleiben und über Jahrzehnte hinweg all zu oft in ihren Träumen wiederkehren. Die Bewacherinnen nennen sich selbst «Rotkreuzschwestern», wohl um Vertrauen zu erwecken und auszunützen, tatsächlich sind sie aber Teil des Wachpersonals im Lager. Sie tragen keine Uniformen, wie die weiblichen Wachen in den Konzentrationslagern, ihre Kleidung besteht vielmehr aus schmalgestreiften Kleidern und akkurat gestärkten weißen Schürzen. Ihre Haare tragen die «Schwestern» merkwürdig streng nach oben gebunden und sie geben den Anschein in allem korrekt und sauber zu sein. Aber die Kinder fürchten sich vor ihnen, wann immer sie eine von ihnen zu Gesicht bekommen. Über die Frisuren der Frauen versuchen sie sich lustig zu machen. Wenn man sie gemeinsam auslacht, wird die Angst ein kleines bisschen kleiner. Die Angst vor ihren schrillen Stimmen, ihren grundlosen Strafen und ihrem herzlosen Verhalten gegenüber den Kleinsten. Wo immer es möglich ist, versuchen die Kinder ihnen im Lager auszuweichen. In diesen «Schwestern» erkennt Katja eine einzige wandelnde Bösartigkeit.

In Eichstätt gibt es keinen «Kinderspeisesaal», Katja behält aber ihren Grundsatz bei, nichts von den *Nemci* anzunehmen.

Sie hat aus dem ersten Lager ihren Schutz, ihren Umhang mitgebracht. Wie sollte es ihr sonst gelingen, hier nicht völlig zu verzweifeln? Auch im Eichstätter Lager isst sie nichts, was von der Lagerleitung kommt. Sie wird bei späteren Treffen darüber verwundert sein, dass für die anderen Kinder Hunger so eine prägende Rolle in ihrer Erinnerung an das Lager spielt. Es ist Katjas Wut und ihre Verfasstheit, die ihr keinen beißenden Hunger zugestehen. Sie ist so sehr damit beschäftigt, allem zu widerstehen, alles abzulehnen was die *Nemci* in einem zweifelhaften Tausch anbieten, dass sie keinen Hunger zulässt. Nicht einen einzigen Moment lang in diesen sich endlos ziehenden drei Jahren. Katjas Zurückhaltung bei den deutschen Nahrungsangeboten ist eine Form von kindlichem Widerstand. Sie ist eine Art Hungerstreik. Es ist eine für sie notwendige Abwehrhaltung, die ihr ein würdiges Durchhalten ermöglicht.

Auch wenn Zofija Sturm tagsüber in der Fabrik ist und kein Auge auf ihre Kinder haben kann, entgeht ihr nicht, dass Katja zu wenig isst. So beginnt sie in aller Frühe für ihre Kinder Suppe zu kochen, jeden Morgen in der Waschküche im Keller des Gebäudes, in dem sie untergebracht sind. Hier kann sie Feuer machen und es fällt den Wachen nicht auf. Es gäbe schreckliche Konsequenzen, würde dieses morgendliche Suppenkochen auffliegen. Aber in der Waschküche sind sie sicher, hier kann Katjas Mutter kochen, noch bevor der Tag im Lager beginnt. Noch bevor es in den von der SS kontrollierten Tag geht. Die Suppe für ihre vier Kinder wird zu einem geheimen Ritual, ehe Zofija Sturm in die Schuhfabrik muss. Woher sie die Zutaten für die morgendliche Suppe hat, bleibt ihr Geheimnis. Auch nach dem Krieg wird sie kein Wort darüber verlieren, wie sie es zustande brachte, ihre Kinder zum Frühstück mit diesen Suppen zu versorgen.

Die morgendlichen Suppen aus der Waschküche stehen in einer Reihe mit den sonntäglichen Palatschinken vom Toman-Hof, auch wenn Zofija Sturm nach der Suppe sofort in die Fabrik muss und nicht wenigstens mit den Kindern etwas Zeit verbringen kann.

Das gemeinsame Frühstück bleibt Katja ein Sonnenstrahl, eine Hoffnung in diesen bitteren Jahren. Und Zofija Sturm gelingt es auf diese Weise ihren Kindern im Eichstätter Zwangsarbeitslager eine Idee von Fürsorge und familiärer Nähe zu geben, auch wenn das System danach trachtet jegliche Form von Fürsorge, Würde und Stolz auf die eigene Herkunft zu unterbinden. Verrohung ist, was ihnen die SS jeden Tag zumutet. Untermensch sein. Katja ist so stolz, als ihr die Mutter ein großes, schön verschnörkeltes K auf ihren Pullover stickt, das als Gegenstück zur Nummer, die die Familie im Lager zugeteilt bekommen hat, eine große Bedeutung bekommt.

Nachdem Andrej in die Rüstungsindustrie gesteckt wurde, teilt sich Zofija Sturm in Eichstätt mitsamt ihren Schwägerinnen, den vier Kindern und mit einer ganzen Reihe anderer Frauen und deren Kinder ein Zimmer.

Vorerst werden sie in einem von der SS requirierten Teil des Klosters der «Englischen Fräulein» untergebracht. Eine der Frauen in ihrem Zimmer hat sechs Kindern, eine andere zwei und eine weitere Frau ist kinderlos. Der kleine Raum ist mit Stockbetten vollgestellt. Zwischen diesen hohen Gestellen gibt es nur schmale Gänge, um sich in dem vollgepackten Zimmer überhaupt bewegen zu können. So müssen sie die erste Zeit hier gemeinsam verbringen. Die Nächte sind nicht so still wie daheim am Hof, hier hört Katja die anderen in ihren Betten atmen, schnarchen, stöhnen und vielleicht auch vor Heimweh oder Angst leise wimmern. Die Unterkunft im Kloster wird später durch eine alte, leerstehende und durchaus baufällige Realschule am Stadtrand von Eichstätt ersetzt. Hier bleiben die Deportierten, bis sie schließlich im Mai 1945 befreit werden. In den Nächten, als Eichstätt endlich von den Alliierten bombardiert wird, gibt es für die im Lager festgehaltenen Menschen keine Schutzmöglichkeit, keinen Luftschutzkeller, denn um den Schutz der Zwangsarbeiter kümmern sich die *Nemci* nicht. So sitzen sie bei einem Fliegeralarm im Erdgeschoß auf dem Boden des schmalen Ganges. Angstvoll. Katja und ihre Geschwister an die Mutter gedrückt. So geht es bald jede Nacht. Sie fürchten sich zwar davor, dass das Gebäude bombardiert wird, gleichzeitig sind sie aber so aufgeregt und erfreut, denn sie wissen genau, dass diejenigen, die dort oben am Himmel fliegen, zu den Befreiern gehören werden.

«Nach dem Sieg schick ich ihnen einen Kärntner Reindling und eine rote Wurst» sagt Katja eines Tages zu einer der Aufseherinnen. Sie spricht aber nicht von jenem Sieg, den sich die strammen Aufseherinnen und die SS erwarten. Sie spricht von dem Sieg, auf den sie alle hier im Lager hoffen. Die Kinder belauschen die Erwachsenen häufig und wissen daher, dass es nur eine Frage der Zeit sein kann, ehe sie befreit werden und an der Seite der Sieger endlich nachhause können. Davon träumen die Kinder, die im April 1942 aus ihren Leben gerissen worden waren.

Die Kindern haben ausführliche Rachefantasien für all das, was ihnen angetan wird. Für die ermordeten Eltern und Geschwister. Sie wissen, trotz aller Fantasie, dass sie nichts davon verwirklichen werden. Sie wollen Frieden und vor allem nachhause, um wieder in ihren eigenen Betten schlafen zu können, auf den eigenen Höfen zu spielen und endlich in die Schule zu gehen. Endlich so Kind sein zu dürfen, wie es allen Kindern zusteht. Noch ist aber die Angst hinter ihnen her, und auch hinter Katja. Die Angst vor den Aufseherinnen. Die Angst vor der brüllenden Lagerleitung. Die Angst davor, dass ihre Mutter eines Tages nicht mehr von der Zwangsarbeit ins Lager zurückkommen würde. Die Angst, den Vater nie mehr wiederzusehen. Ein endloser Drahtseilakt, ohne jegliches Sicherheitsnetz. Und dennoch gelingt es dieser Angst nicht, die Oberhand zu gewinnen. Katja trägt schließlich noch immer ihren Umhang, Tag für Tag, und unter ihm sprießt eine unbändige Hoffnung auf die Zeit nach der Befreiung, nach dem Krieg. Sie träumt von einer besseren Zukunft, wie sie sich ein Kind während drei Jahren Lager in den schönsten Farben nur ausmalen kann.

Sie hört den Erwachsenen immer wieder bei ihren Flüstereien zu und weiß daher, dass zuhause in Kärnten, fern vom Zwangsarbeitslager in Eichstätt, Partisanen für ihre Freiheit und gegen die *Nemci* kämpfen: für sie alle, für Katja, für ihre

Geschwister Veronika und die beiden kleinen Brüder Andrej und Franci, die Eltern und die Tanten.

Katja hat es sich noch daheim am Hof angewöhnt, oft bei den Eltern und Tanten sitzen zu bleiben, wenn diese ihre ernsthaften Gespräche führten. Manchmal versteckte sie sich auch, um ihre Eltern zu belauschen und von jenen Sachen zu erfahren, die ihr und ihrer Schwester wohl nie so direkt mitgeteilt worden wären. Auch hier im Lager hört Katja wieder den Erwachsenen zu. Hier sind es konspirative Gespräche, die mit leisen Stimmen geführt werden. Ein Name taucht besonders häufig auf und wird mit einer fast feierlichen Hochachtung ausgesprochen: Tito.

Tito, der Partisanenkommandant, weiß, davon ist Katja überzeugt, auch über ihr Schicksal hier in Eichstätt Bescheid. Er muss einfach wissen, dass die zweitgeborene Tochter vom Toman-Hof darauf wartet von ihm befreit zu werden.

Seit drei langen Jahre sind sie nun schon von zuhause fort und hier eingesperrt. Katja harrt aus, trägt ihren Umhang und bringt in dieser Zeit alle Kraft auf, um sich von der allgegenwärtigen Angst und dem ständigen Bedrängtsein nicht verschlingen zu lassen.

Und nun, da sie Titos Namen kennt und die glorreichen Geschichten über ihn gehört hat, ist sie sich sicher, dass sie von ihm gerettet wird, gemeinsam mit all den anderen slowenischen Kindern, die hier ausharren, hoffen, bangen und sich fast jede Nacht in den Schlaf weinen.

Stirbt jemand im Lager, trauert Katja auch darum, dass wieder jemand von ihnen, aus ihrer erzwungenen Gemeinschaft, nicht gemeinsam mit den anderen in die frohe Zukunft schreiten kann. Sie malt sich doch eine so wunderbare Welt für alle aus, wie kann einen da der Tod, der sich immer wieder ins Lager schleicht, nur einfach so holen?

Auf Marschall Titos höchstpersönliche Rettung baut Katja jeden einzelnen Tag und erträumt sich mitten im Lageralltag ein buntes und schönes Leben nach der Befreiung. Dass es ein gutes «Danach» geben muss, daran zweifelt sie keine Minute. Es wird ein Zurück auf den Toman-Hof sein, ein Zurück zu den Tieren im Stall und zur Weide, den Wiesen und Feldern, dem Teich. Ein Zurück zum Bach mit den Fischen und Krebsen, ein Zurück in den Wald und zu den jährlichen Feiertagen. Und es wird nicht nur ein Zurück geben, sondern auch ein Vorwärts. Sie will gemeinsam mit Veri und Andrej jeden Tag den Schulweg gehen. Ein Vorwärts.

Sie kann es kaum erwarten. Und Katja ist damit nicht allein, auch alle anderen Kinder und Erwachsene im Lager hoffen und träumen von einem menschenwürdigen, freudigen Leben nach dem Krieg, in dem sie ihre Lieder singen können und sich nicht schämen müssen Slowenen zu sein. Vielleicht erwarten die anderen Tito nicht gerade persönlich am Tor des Lagers, aber alle hoffen auf eine baldige Befreiung, um diese schwere Zeit endlich hinter sich lassen zu können.

Katja trägt trotz aller Vorfreude und Zuversicht noch immer den Umhang. Er bestärkt sie darin, alles überstehen zu können, was die SS und deren willfährige «Schwestern» in den gestärkten Kleidern und Schürzen auch immer von ihr erwarten, womit sie auch immer konfrontiert wird. Ihr Umhang ist in unterschiedlichsten Fasern gewirkt, die ihre verschiedensten Taktiken des Überstehens ausmachen. Solange sie den Umhang in Griffweite hat, sehen die *Nemci* Katjas Angst nicht.

Mit den anderen Kindern im Lager versteht sich Katja gut, sie spielen miteinander und träumen gemeinsam über die Zeit nach dem Krieg, wenn sie endlich wieder daheim wären auf ihren Höfen und wieder in ihren eigenen Betten schlafen würden. Gemeinsam mit Marko, dem traurigsten ihrer Freunde im Lager, der so endlos um seinen von den *Nemci* geköpften Vater weint, denken sie sich in ihrer Not ganz besondere Formen der Rache aus. Rache, die sie niemals nehmen werden, die ihnen aber einen Funken Trost im dunklen Dasein im Lager ist. Als könnten sie etwas tun und wären so den *Nemci* nicht völlig ausgeliefert. Es ist eine Art Selbstermächtigung, eine Art von Bestärkung ihrer selbst. Sie bestimmen so wenigstens über ihre eigene Fantasie.

Obwohl sich Katja mit den anderen Kindern gut versteht, ist sie doch lieber alleine und hört, auf ihre für ein Kind ganz besonders eigenbrötlerische Art, den erwachsenen Frauen zu. Dadurch erfährt sie eines Tages, dass außerhalb des Lagers ohne Bezugsschein so gut wie keine Lebensmittel zu bekommen sind. Es gibt nichts frei erhältlich, bis auf Lorbeerblätter. Der Wunsch, einmal nur in die Stadt zu gehen, gedeiht in ihr schon eine ganze Weile. Endlich einmal hinauskommen aus dem Lager und sich unter die anderen zu mischen, unter die Menschen, die keine Ahnung davon haben, wie es ist, in einem Lager zu leben. Sie malt sich den Spaziergang durch die Stadt als größtmögliches Abenteuer aus. In den Lorbeerblättern sieht sie eine fabelhafte Möglichkeit, wenigstens kurz aus dem Lager zu kommen.

Eines Tages nimmt sie all ihren Mut zusammen, marschiert in das Büro des Lagerführers und grüßt ihn mit dem Wort «Heiler». Sie weiß nicht, dass der Gruß der *Nemci* anders lautet, aber daran stößt sich auch der Lagerleiter nicht, der erstaunt über das vor ihm stehende Mädchen ist. Sie erklärt ihm, dass sie Lorbeerblätter benötigt und auch das notwendige Geld dafür hat. Sie zeigt ihm ihre offene Hand mit den paar Pfennigen. Der Lagerführer ist so erstaunt, dass er ihr den Weg in die Stadt erlaubt. Das erste Mal in die Stadt bedeutet vom Stadtrand, wo das Lager untergebracht ist, einen weiten Weg ins Zentrum zurückzulegen. Mit den Pfennigen, die sie bei sich hat, kauft sie tatsächlich Lorbeerblätter und geht danach schnurstracks ins nächste Kino.

Es ist keiner der berühmten Filme des NS-Kinos, den sie hier zufälligerweise zu sehen bekommt, sondern ein Historienfilm namens «Der Ochsenkrieg», nach der gleichnamigen Erzählung von Ludwig Ganghofer. Sensen wirbeln über die Leinwand, daran wird sich Katja auch noch viele Jahrzehnte später erinnern. Als sie ihrer Mutter am Abend den Lorbeer überreicht, wundert sich Zofija Sturm, wo ihre Tochter diesen organisiert hat, von ihrem Abenteuer außerhalb des Lagers verrät Katja kein Wort.

Jedes noch so kleinste «Vergehen» der Kinder wird mit lautstarken, schrillen Drohungen verschickt zu werden, kommentiert. Verschickt zu werden bedeutet Schlimmeres, ein anderes Lager oder ein Kinderheim. Sie würden ins Gas kommen, schreit ihnen die Lager-SS, schreien ihnen die «Schwestern» entgegen, ohne dabei mit der Wimper zu zucken. Katja kennt bald die Namen Auschwitz, Bergen-Belsen und Ravensbrück.

Sie versteht, dass sich hinter diesen Namen Schrecken und Qual verbergen, sie hat auch für «Ins Gas gehen» schon sehr bald deutliche Bilder im Kopf. Und einer dieser Orte, Ravensbrück, ist ihr bald aus den Gesprächen ihrer Mutter mit den anderen Frauen geläufig. Dieses Wort wird immer wieder unter Tränen und schierer Trauer und Verzweiflung erwähnt. Etwa bei Nani Olip aus Zell Pfarre, die auch ins Eichstätter Lager deportiert worden war, aber nach einer langen gemeinsamen Zeit fort musste, fort nach Ravensbrück. Nanis Vater war längst in Mauthausen. Weil in Zell Pfarre den Partisanen ein Schlag gegen die Nationalsozialisten gelang. Vergeltung.

Katja weiß nicht, dass ihr Onkel Franjo und auch andere Slowenen in Mauthausen inhaftiert sind. Sie dreht sich verschämt weg, um diesen Namen nicht zu oft zu hören, wenn er von den Erwachsenen wieder mit gesenkten Stimmen erwähnt wird. Allerdings verbindet Katja mit Mauthausen noch nicht so viel Schrecken wie mit Auschwitz, Bergen-Belsen und Ravensbrück, denn bei aller Angst, die ihnen von den *Nemci* eingeflößt wird, mit Mauthausen wird den Kindern nicht gedroht.

Es werden auch immer wieder Erwachsene aus dem Eichstätter Lager abgeholt und nach Dachau gebracht. Auch mit Dachau wird den Kindern nicht gedroht. Dachau, Mauthausen und Ravensbrück sind Orte, soviel weiß Katja längst, wohin all die Slowenen aus den Zwangsarbeitslager kommen, deren

Brüder, Schwestern, Väter oder Mütter, Söhne oder Töchter als Partisanen im Widerstand kämpfen, wenn die *Nemci* davon Wind bekommen haben. Widerstand. So wie Tito, der sie doch hier in Eichstätt befreien soll. Die Zeit drängt.

Die Geschichte von Adele

Adele ist die Tochter von Onkel Anton, einem der älteren Brüder von Zofija Sturm. Sie ist nicht mit den Sturms in Eichstätt, sondern im Lager Frauenaurach inhaftiert, das etwa 100 Kilometer nördlich liegt, unweit von Nürnberg. Sie ist eine junge, gebildete Frau, die mit ihrer Tante Zofija eine innige Freundschaft verbindet. Die beiden teilen eine ganze Reihe an Interessen und Zofija ist ihr, Adele, altersmäßig deutlich näher als ihrem Bruder Anton, Adeles Vater.

Adele hat in Klagenfurt das Ursulinengymnasium mitten in der Stadt besucht, das während dem Krieg von einer berühmten Klagenfurterin besucht wird, die so bald sie kann, nach Rom flüchtet. Ehe es ab 1957 das Slowenische Gymnasium in Klagenfurt geben wird, ist das Ursulinengymnasium die erste Wahl für jene slowenischen Mädchen, die von ihren Familien in eine höhere Schule geschickt werden. Zofija verweigerte zu ihrer Zeit die Möglichkeit, dort die Schule zu besuchen, und Katja wird nach der Befreiung an einem anderen Klagenfurter Gymnasium die Matura ablegen.

Adele gehört zu jenen Deportierten, die ihre Zwangsarbeit nicht in einer der Fabriken verrichten müssen, sie wird wie andere junge und gebildete slowenische Frauen einem «besseren» Haushalt zugeteilt. In Adeles Fall ist es der Haushalt des Polizeipräsidenten von Nürnberg-Fürth, dem SS-General und Polizeiführer Benno Martin. Seine Ehefrau ist bald von der jungen Slowenin angetan und so wird Adele ihre persönliche Gesellschafterin. Die neue Funktion ist so etwas wie ein Aufstieg, Adele bleibt aber dennoch als Zwangsarbeiterin registriert. Der SS-General ist selten zuhause, der gemeinsame Sohn der Martins befindet sich als SS-Offizier an der Front, Frau Martin sehnt sich angesichts dieser familiären Vereinsamung nach Gesellschaft, die sie in Adele findet.

Adele bewohnt bald ein Zimmer bei den Martins und muss somit nicht täglich zwischen dem Lager in Frauenaurach und dem Haus hin und her fahren. Später wird sie erzählen, dass sie von Frau Martin gut aufgenommen und behandelt wurde.

Adeles Zuhause, der große Jegart-Hof auf dem Blasnitzberg bei Sittersdorf in der Nähe von Eisenkappel, den ihre früh verstorbene Mutter Nani in die Ehe mit Anton Gril eingebracht hat, wird nach der Deportation von Vater und Tochter nicht Optanten aus dem Kanaltal, sondern «Reichsdeutschen» überlassen. Adeles Bruder Anton ist, als seine Schwester und sein Vater deportiert werden, bereits Soldat in der Wehrmacht. Er hat sich nicht freiwillig gemeldet, desertiert aber auch nicht und wird, nachdem was er im Krieg erlebt, ein gebrochener Mann bleiben.

Der Sohn der «Reichsdeutschen», die nun den Jegart-Hof bewirtschaften, ist SS-Offizier und besucht, als er Fronturlaub erhält, den Hof, der mitten im partisanenkontrollierten Gebiet liegt. Als es sich zu den Partisanen durchspricht, dass sich hier in ihrer Nähe ein SS-Offizier aufhält, lauern sie ihm auf und liquidieren ihn. Auch sein Vater wird ermordet. Die Tötung eines SS-Offiziers ist für die Nationalsozialisten alles andere als eine Kleinigkeit. Es dauert auch nicht allzu lange, bis eine «geeignete» Bestrafung für die Liquidierung des SS-Offiziers gefunden wird: Alle deportierten Kärntnerslowenen sollen, wie Zofija Sturm später erzählt, in Konzentrationslager überstellt werden, um in Gaskammern ermordet zu werden. Alle. Mehr als 900 Menschenleben für das des SS-Offiziers und seines Vaters. Frauen und Männer. Greise und Kleinkinder.

Die Vorbereitungen beginnen. Kärntnerslowenen werden von ihren Zwangsarbeitsstellen in die Lager zurückgebracht. Alle sollen erfasst werden, alle sollen weg. Auch Katjas Vater Andrej Sturm kommt aus Karlsruhe zurück nach Eichstätt. Adele soll ins Lager nach Frauenaurach zurückkehren. Aber Frau Martin verweigert die Abholung des Mädchens und sagt zu ihrem Mann: «Die wollen, dass sie zurückgeht, aber ich will das nicht, ich gebe sie nicht her. Unternimm etwas dagegen.»

Bei dieser Aufforderung belässt es Frau Martin nicht: Sie bringt ihren Mann dazu, genau nachzuforschen, was mit Adele und all den Slowenen passieren soll. Sie stellt sich dagegen, die junge Frau, die ihr so viel bedeutet in einem KZ in den sicheren Tod gehen zu sehen. Martin weiß, dass er seiner vereinsamten Frau die Untersuchung schuldet, und lässt Adeles Vater nach Nürnberg kommen. Die beiden Männer sprechen stundenlang, so wird später in der Familie erzählt, miteinander. «Herr Gril, Sie stehen unter meinem Schutz», sagt Martin zu Katjas Onkel zum Abschied.

Dank des vehementen Einspruchs seiner Ehefrau unternimmt

Benno Martin alles ihm Mögliche, und das ist als Polizeipräsident und SS-General offensichtlich nicht wenig, denn er kann durch seine Position den bereits bestehenden Befehl widerrufen und alle zur Deportation in ein KZ vorgesehenen Kärntnerslowenen unter seinen persönlichen Schutz stellen. Die Aktion wird nach Martins Einspruch tatsächlich gestoppt und die Ermordung von mehr als 900 Kärntnerslowenen in den Gaskammern der Nationalsozialisten wird verhindert. Sie werden wieder an ihre Zwangsarbeitsstellen gebracht. Es gibt Gerüchte in den Lagern, aber niemand weiß genau, was vorgefallen war und warum nun doch wieder alle an ihre Arbeitsorte zurückkehren müssen.

Nach dem Krieg wird Benno Martin bei einem der Nürnberger Prozesse angeklagt. Zu seiner Verteidigung bringt er die Abwendung dieser geplanten Ermordungsaktion an mehr als 900 Kärntnerslowenen vor.

Anton Gril wird als Zeuge nach Nürnberg vorgeladen und bestätigt unter Eid die Angaben des SS-Generals. Seine Aussage wirkt strafmildernd, obwohl Martin an den Deportationen Nürnberger Juden beteiligt war.

Bereits 1949 kommt Martin wieder frei, aber er wird allein sein: Sein Sohn war im Krieg gefallen und seine Frau beging bei Kriegsende auf der Flucht aus Nürnberg Selbstmord, als sie zusammen mit Adele, die bei ihr geblieben war, in einem Stadel übernachteten. Erst nach dem Tod von Frau Martin kehrt Adele zu den anderen im Lager in Frauenaurach, die noch auf die Heimreise warten, zurück.

Benno Martin schreibt nach seiner Freilassung einen Brief

an Katjas Onkel Anton und besucht ihn auch am Jegart-Hof auf dem Blasnitzberg. Dieser Brief an Adeles Vater befindet sich noch heute in Katjas Besitz.

Tod

Sie sind noch kein knappes Jahr von Kärnten fort, als unter den Kindern im Eichstätter Lager eine Scharlach-Epidemie ausbricht. Katjas Freund Zvonko ist nicht das einzige Kind, das die Epidemie nicht überlebt. Für die Lagerleitung scheint Scharlach kein Problem zu sein, solange nur die slowenischen Kinder daran elendig zu Grunde gehen. Auf medizinische Versorgung für die Kinder wird verzichtet. Gesunde Ernährung wird ihnen ebenfalls nicht zugestanden.

Penicillin gibt es 1943 in Deutschland noch nicht. Wäre es aber schon verfügbar, wie etwa in den Staaten der Westalliierten, den Lagerkindern von Eichstätt würde es wohl trotzdem nicht verabreicht werden. Schließlich erkranken auch die drei jüngeren Sturm-Kinder an Scharlach. Katja verliert unter Schmerzen durch die ungehemmte Ausbreitung der Scharlach-Bakterien linksseitig ihr Gehör. Nach der Befreiung wird sie wieder und wieder Operationen über sich ergehen lassen müssen. Hören wird sie mit ihrem linken Ohr aber nie mehr.

Als die Epidemie im Lager auch für die Stadt Eichstätt bedrohlich wird, besteht die Stadtverwaltung schließlich darauf, dass die erkrankten Lagerkinder im städtischen Krankenhaus versorgt werden müssen. Katja und ihre beiden Brüder Andrej und Franci kommen ins Krankenhaus, wo sie wochenlang isoliert werden. Veronika ist vorerst noch gesund und bleibt bei der Mutter im Lager, schließlich erkrankt sie aber auch.

Es sind für Katja eintönige lange Wochen voller Schmerzen, bitteren Medikamenten und harschen Ordensschwestern. Inbrünstig versucht sie in dieser Zeit ihrem Bruder Andrej das «Vaterunser» beizubringen, denn sie ist von der Idee vollkommen durchdrungen, dass dieses Gebet gegen das allergrößte Unglück und auch ihre Krankheit helfen muss. Nach endlosen Wochen mit eiserner Bettruhe dürfen die Kinder schließlich aufstehen und es kommt der so lang ersehnte Besuch der Eltern. Der Vater holt sie aus ihrem Zimmer und führt die drei in den Garten des Krankenhauses. Dort nehmen sie auf der Wiese Platz, obwohl es noch so früh im Jahr ist. Andrej Sturm versucht, seine Fassungslosigkeit zu verbergen, doch dann kann er seine Kinder nicht länger im Ungewissen lassen.

«Veri je umrla», sagt er. «Veri ist gestorben». Katja kann die Bedeutung dieser Worte nicht erfassen. Sie bleiben völlig hohl, sie versteht die Sprache nicht, in der ihr diese furchtbare Botschaft mitgeteilt wird. «Veri ist gestorben», sagt er noch einmal. Da versteht Katja, dass ihre große Schwester tot ist.

Sie hatte doch so voll Inbrunst das «Vaterunser» gebetet und es auch dem kleinen Andrej beigebracht. Wie kann es sein? Sie hatten sich doch gegen jedes Unglück gewappnet. «Veri je umrla.» – Es kann nicht sein.

Nach einer Weile kommt auch die Mutter durch den Garten des Krankenhauses und lenkt ihre Schritte zu den drei Kindern und den Vater. Wo ist Veri?

Eisstücke brechen rund um die Silhouette der Mutter, während sie den Weg zu ihren drei Kindern nimmt.

«Veri je umrla.»

Zofija Sturm ist ihrer Tochter fremd in diesem Moment des Wiedersehens und diese Fremdheit hat nichts mit der wochenlangen Trennung zu tun. Katja findet ihre Mutter völlig verändert wieder. Sie wird nie mehr so sein, wie sie vor dem Tod Veris war. Jede Freude, die Katja beim Anblick der näherkommenden Mutter empfindet, schwindet, als sie vor ihr steht.

Zofija Sturm richtet kein Wort an die Kinder, ehe sie sich hingesetzt hat. Minutenlang kommt ihr kein Laut von den Lippen bis sie in einer völlig veränderten Stimme, kaum verständlich zu ihren Kindern sagt «Veri je umrla.»

Die Welt erstarrt und Katja versteht die Veränderung der Mutter. «Veri je umrla.» Veri ist tot. Dem Tod der Schwester, dem Schmerz der Mutter kann sie nichts entgegensetzen. Daran wird sich nie etwas ändern, gleichgültig wie viele Jahre sie auch noch leben werden.

In den Unterlagen aus dem Lager ist zu lesen, dass Veronika Sturm eines natürlichen Todes gestorben sei. Diese Unterlagen entsprechen ganz der Manier der SS, die die Todesursachen von Häftlingen in den Lagern grundsätzlich zu verschleiern trachtet. Anzunehmen, dass diese Angaben stimmen, würde bedeuten, den Akten der Nationalsozialisten über die Todesursachen von Häftlingen in den Lagern grundsätzlich Glauben zu schenken. Als hätten sie jemals die Wahrheit gesagt, über all die Morde.

Im März 1943 stirbt Veri in den Armen ihrer Mutter, die außer sich vor Sorge versucht medizinische Hilfe für ihre Erstgeborene zu finden.

«Veri je umrla». Mehr teilt sie Veris Vater nicht mit, der zum Zeitpunkt ihres Todes noch in Karlsruhe ist. Mehr kann sie nicht sagen. Weder ihrem Mann noch Veris Geschwistern. «Veri je umrla».

Was dieser Satz wahrhaftig bedeutet, wird zum Trauma, das Katjas Leben überschattet. Die gute Tochter ist tot. Sie selbst überlebt. Dabei stürzt sie in eine tiefe Schlucht von massiven Schuldgefühlen und großer Hilflosigkeit in Anbetracht des Todes ihrer Schwester. Veri, die schon so genau wusste, was sie vom Leben wollte, war fort und sie, die noch so wenig nur erahnte, war geblieben. Die Schwere des Todes lastet auf der ganzen Familie, aber Katja erleidet als Veris jüngere Schwester das Überlebens-Schuld-Syndrom. Depressionen, Unsicherheiten und Angstzustände werden sie nach Veris Tod viel zu lange begleiten.

Andrej Sturm wird nie erfahren, wie seine Älteste wirklich starb. Das erspart ihm seine Frau, sie weiß, er würde es nicht überwinden. Er wird nach dem Krieg, sobald es möglich ist, und danach regelmäßig jedes Jahr nach Eichstätt reisen, mit Katja als Begleitung.

Er muss diese Reisen unternehmen, da er seiner Erstgeborenen ein würdiges Grabmal errichtet hat, das er regelmäßig pflegt. Veris Mutter hingegen wird Eichstätt nie wieder betreten, sie weigert sich, das Grab ihres Kindes zu besuchen.

Veri ist in ihren Armen gestorben. Der Tod des Kindes hat sowohl sie selbst als auch Andrej Sturm für den Rest ihres Leben verändert. Der Vater kommt bis zu seinem Lebensende nicht mehr über den Tod seiner ältesten Tochter hinweg, ebenso wenig gelingt es der Mutter. Nach dem Krieg kommt ihr nie mehr auch nur das kleinste Lächeln über die Lippen. Veronikas Geschwister tragen ihren Tod mit sich und sie können den Verlust ihrer großen Schwester, die sie so geliebt haben und die immer genau wusste, was zu tun war, nicht vergessen.

Wer wird Katja, Andrej und Franci so gut trösten können, wie Veri es tat, jetzt, wo sie doch für immer fort ist? Katja hat um die anderen Toten im Lager geweint, die alle die Befreiung nicht mehr werden erleben können. Wie kann sie nun um ihre Schwester weinen und auch um sich selbst? Bei keinem der Sturm-Kinder ändert sich die Stellung in der Familie so massiv, wie bei Katja. Sie ist nun die Älteste und jegliche Leichtigkeit, die einer Zweitgeborenen zugestanden wird, löst sich im Moment der Todesnachricht auf. Katja sieht sich einer strengen Vorgabe ihrer neuen Rolle gegenüber, die es zu erfüllen gilt und sie hat keine Ahnung, wie ihr das im langen Schatten ihrer Schwester gelingen soll.

Nani Olip, die später im KZ Ravensbrück inhaftiert wird, ist in Eichstätt Zeugin des Todes von Veri. Als Katja erfährt, dass es mit Nani eine Zeugin dafür gibt, dass der Tod ihrer Schwester ein Mord war, hört sie von ihr die vollständige Geschichte der Momente des Todes ihrer älteren Schwester Veronika, die in der Familie, solange Zofija und Andrej Sturm leben, nicht erzählt werden kann. Viele Jahre später wird sie mit Nani darüber sprechen, wieder und wieder, und sie zu ihren Erinnerungen befragen.

Die drei jüngeren Kinder sind schon längst wegen der Scharlach-Erkrankung im Spital, als auch Veri erkrankt. Ihre

Mutter läuft zum Lagerarzt und bittet ihn um Hilfe für das kranke Mädchen, das sie in ihren Armen hält. Nani Olip ist auch gerade beim Arzt und wird Zeugin der inständigen Bitte Zofijas um Hilfe.

Der Arzt sieht sich das Kind kurz an, das von ihrer Mutter in den Armen gehalten wird, nimmt eine Spritze, zieht eine Injektion und sagt: «Wollen wir mal versuchen» – als er die Nadel aus dem Arm der achtjährige Veronika zieht, sackt sie in sich zusammen und ist auf der Stelle tot.

Wie lebst du weiter, wenn dir das Kind in den Armen stirbt? Wie kannst du dem Vater des Kindes von dessen Tod berichten? Wie gehst du in dein Leben zurück und kannst den anderen Kindern und deinem Mann begegnen, die du doch auch so liebst? Wie gelingt es dir, dein Leben weiterzuleben, wenn du spüren musst, wie das Leben deines Kindes aus seinem kleinen Körper weicht?

Zofija Sturm hält sich an ihre eigenen Vorgaben, die sie den Schwägerinnen bei der Deportation gegeben hat: Sie weint nicht. Sie wird aber auch nicht mehr lachen, all die vielen Jahre, die ihr nach der Befreiung noch bleiben. Bis zu ihrem Lebensende spricht sie nicht über den Moment, als Veri in ihren Armen ermordet wurde.

Dass später auch noch am Todeshergang der Schwester gezweifelt wird, ob es nicht vielleicht doch ein natürlicher Tod gewesen war, bricht Katja erneut das Herz.

Die achtjährige Veronika Sturm ist nicht die einzige Kärntnerslowenin, die im Lager von Eichstätt in den Kriegsjahren stirbt. Später wird es am Friedhof der Stadt, an der Wand der

Friedhofskapelle, ein Denkmal für die hier in den Jahren 1942 bis 1945 ums Leben gekommenen Kärntnerslowenen geben. Katjas Sohn Borut wird sich im Andenken an seine tote Tante Veri um das Denkmal kümmern.

Befreiung

Die Erwachsenen halten sich mit den neuesten Nachrichten über die zurückgedrängte deutsche Front über Wasser. Es spricht sich auch im Lager herum, dass die Amerikaner im Westen und die Rote Armee im Osten näher rücken. Diese Nachrichten sind so wichtige Strohhalme, um alles, was ihnen hier angetan wird durchzustehen.

Seit Veri tot ist, muss sich Katja daran gewöhnen, die Rolle der ältesten Schwester zu haben. Es fällt ihr schwer, da es doch eigentlich deren Rolle war und sie in all der Trauer, die sich tonnenschwer auf die Sturms gelegt hat, nicht einfach so die ältere Schwester werden kann.

Sie ist doch völlig anders, als es Veri war. Sie zweifelt daran, jemals so vorbildhaft wie Veri sein zu können.

Die Trauer um die Schwester wird nie gestillt. Die Lücke, die Veri hinterlässt, wird nie gefüllt. Sie beginnen regelmäßig für Veri zu beten. Das wird bleiben, auch wenn sie zurück sind am Toman-Hof.

Und dann ist auch noch diese Schuld. Warum hat sie überlebt? Warum ist Veri gestorben? Warum konnte es nicht anders kommen?

Es sind im Mai 1945 die Amerikaner, die nach Bayern kommen und die hier nicht nur das seit 1933 bestehende Konzentrationslager Dachau mitsamt seinen Außenlagern befreien, sondern auch die Kriegsgefangenenlager und Zwangsarbeitslager wie jenes im mittelfränkischen Eichstätt, wo Katja mit ihrer Familie gemeinsam mit all den anderen ausharren und auf einen Neuanfang nach dem Krieg hoffen.

Noch ehe die Amerikaner eintreffen, kann Katja mit den anderen von ein paar Fenstern des Lagers, das sich an der Westeinfahrt Eichstätts befindet, die Kolonnen armseliger sowjetischer Kriegsgefangener beobachten, wie sie von den *Nemci* angetrieben werden. Sie werden in einem Lager auf der Ostseite von Eichstätt, wo bis vor kurzem britische Offiziere als Kriegsgefangene festgehalten wurden, die einem amerikanischen Tiefflieger zum Opfer fielen, untergebracht. Die Briten wurden von dem Tiefflieger wegen ihrer Kaki-Uniformen mit ungarischen Truppen verwechselt, es gab Tote und Verletzte, so kurz vor Kriegsende. Die Nachricht erreicht auch das nicht weit entfernt gelegene Zwangsarbeitslager.

Eichstätt wird schließlich am 8. Mai 1945 befreit, dem Tag der Kapitulation. Die Befreier kommen aus dem Westen, aus Übersee, es sind nicht, wie Katja so lange erhofft und erträumt hat, Tito und seine Partisanen, die hier am Tag der Kapitulation der *Nemci* einmarschieren. Es sind die überaus freundlichen und noch sehr vorsichtigen Amerikaner, die an der Westeinfahrt in die Stadt als Erstes gesehen werden. Dass für die Befreier trotz der Kapitulation noch nicht alles eine einzige Freude ist, verstehen die Inhaftierten nicht. Die Kinder springen auf der Straße um die ersten eintreffenden Soldaten herum, die Aufregung ist so groß, dass sie sich als erstes in einer großen glücklichen Umarmung um die Beine des erstbesten G.I. klammert. Katja hat durchgehalten. Die gute Zeit scheint endlich da zu sein. Das Warten hat ein Ende. Wäre doch nur Veri noch da. Katja ist bei der Befreiung schon ein Jahr älter als Veri bei ihrem Tod, die immer die ältere Schwester bleiben wird.

Nach der Befreiung wird von ihnen bald schon Kontakt zu den sowjetischen Gefangenen aufgenommen. Man besucht sich gegenseitig in den Lagern und ist von einer grundsätzlichen, lebensbejahenden Freude, das «tausendjährige Reich» überstanden zu haben.

Eines Tages hält einer der sowjetischen Kriegsgefangenen, ein Kommissar, im ehemaligen Zwangsarbeitslager einen Vortrag über das System der sowjetischen Kolchosen. Katja begeistert sich für alles was die Sowjets zu ihnen ins Lager bringen. Wie auch der eine Soldat, der fast zwei Meter groß ist und ein besonders langes Schwert hat. Als er sich auf den Weg zurück ins Lager macht, begleitet sie ihn quer durch die Stadt. Sie muss nicht mehr um Erlaubnis ansuchen, Lorbeerblätter einkaufen gehen zu dürfen. Sie ist endlich frei. Katja besichtigt im Lager der Sowjets alle Räume und die Männer, egal ob sie auf ihren Betten liegen oder auf ihren Sesseln sitzen, sind alle sehr freundlich zu dem Mädchen, das sie auf Slowenisch anspricht. Die Soldaten antworten auf Russisch. Die Gespräche funktionieren und sie gewinnt bald den Eindruck, dass sie einander prächtig verstehen. Manchmal lachen die Männer und Katja weiß nicht warum, aber es mindert nicht die Freude an den Gesprächen unter den befreiten russischen Soldaten und dem befreiten slowenischen Mädchen. Sie wird, nachdem sie sich nun frei bewegen kann, nicht nur einmal die Rotarmisten besuchen, die wie ihre Familie und all die anderen darauf warten, endlich nach Hause zu können. Aber zuvor müssen zerstörte Eisenbahnbrücken und Geleise erst wieder in Stand gesetzt werden, um die Heimreise antreten zu können.

Katja beginnt wieder zu essen. Die morgendliche Suppe ihrer Mutter ist nicht mehr notwendig, die Amerikaner bringen ihnen großzügige Lebensmittelrationen und Zofija Sturm beginnt für alle zu kochen, zwei Frauen helfen ihr dabei. Es ist fast ein bisschen so wie früher, daheim, wenn für den Kirchtag gekocht wurde.

Die erste Zeit müssen sie noch am ehemaligen Lagergelände bleiben, dann dürfen sie als freie Menschen in einen Gefängniskomplex in der Nähe von Eichstätt umziehen. Auch dort bekommen sie Essen, zusätzlich auch noch die Gutscheine der Amerikaner, die ihnen völlig freie Hand beim Einkaufen lassen. Sie haben nun erstmals seit langem mehr zu essen, als sie benötigen.

Die Wochen und Monate bevor sie nach Kärnten zurückfahren können sind eine erholsame Zeit, in der Hoffnungen auf eine gute Zukunft daheim nicht nur vorsichtig keimen, sondern auch schon ganz konkrete Vorstellungen entwickelt werden. Die Gutscheine der Amerikaner ermöglichen ihnen einzukaufen, was die Läden der Stadt gerade auf Lager haben und was ihr Herz begehrt. Eines Tages baut Zofija Sturm im nahen Wald einen Ofen, um dort frisches Kalbsfleisch für die Familie zuzubereiten. Kalbsbraten soll es werden und Tante Mica ist außer sich vor Freude, «tobo dobro, tobo dobro» sagt sie unterbrochen «das wird gut, das wird gut» und strapaziert damit die Nerven ihrer Schwägerin Zofija.

Als es im Juli 1945 endlich so weit ist und sie in das befreite Österreich zurückgebracht werden, müssen sie wieder in einen Zug einsteigen. Und auch wenn es wieder Viehwagone sind, so reist die Angst dieses Mal nicht mit. Trauer, ja, dass sie weniger sind, als bei der Deportation und sie Veri am Friedhof von Eichstätt zurücklassen müssen. Aber Angst, nein. Die Angst kommt nicht mit. Die Vorfreude auf daheim ist so groß, sie können in all den positiven Gefühlen, dass endlich dieser Schrecken überstanden ist, aber nicht erahnen, was noch auf sie zukommen und wie schwer die Jahre noch werden würden. Kärnten ist in der Zwischenzeit von Einheiten der britischen Armee, die über Italien gekommen waren, und den Partisanen Titos befreit worden. Frei ist das Land aber noch lange nicht.

Der Zug mit den Deportierten hält in Villach länger als geplant. Bald stehen britische Soldaten mit der Waffe im Anschlag vor den Wagons und lassen die heimkehrenden Slowenen vorerst weder aussteigen, noch darf der Zug wie geplant weiterfahren. Katja findet den Anblick verstörend und sie ist da nicht die Einzige. Sie steigen schließlich aus und richten sich für die unbestimmte Wartezeit auf den Geleisen des Villacher Bahnhofs ein. Sitzstreik.

Viele Jahre später wird Katja diese Stunden des Abwartens am Villacher Bahnhof als die absurdeste Situation ihres Lebens bezeichnen. Da waren sie nun jahrelang eingesperrt und mussten um ein Leben «danach» bangen, und nun in Freiheit und wieder in Kärnten, dürfen sie nicht nach Hause. Bald wird klar, dass sich die Kärntner Behörden gegen eine Rückkehr der Deportierten aussprechen und den Briten mitteilen, dass sich im Zug keine Opfer des Nationalsozialismus befänden. Zwangsarbeiter. Keine Opfer des Nationalsozialismus. Es seien allesamt Verbrecher, wird den britischen Alliierten erzählt. Und für diese gäbe es in Kärnten keinen Platz. Daher die Maschinenpistolen im Anschlag der britischen Soldaten am Bahnhof. Verbrecher. Kinder. Alte. Heimkehrer aus der Zwangsarbeit.

Wohin mit ihnen? Dass sich diese Frage nun in Kärnten allen Ernstes stellt, ist für Katja schier unfassbar. Am Bahnhof macht unter den Deportierten bald das Gerücht die Runde, dass sie wieder in die amerikanische Zone zurück sollen. Oder werden sie gar nach Deutschland gebracht? Jemand sagt, dass sie nach Jugoslawien weitergeschickt werden. Der Pädagoge und Slowenenvertreter Dr. Joško Tischler wird von den Briten aus Klagenfurt geholt. Tischler klärt schließlich in Villach die Situation, die Sturms und die anderen festgehaltenen Familien dürfen wieder in den Zug einsteigen und fahren schließlich weiter.

Es dauert letztendlich ganze 24 Stunden, ehe die absurden Überlegungen vom Tisch sind, die im Zug befindlichen Slowenen tatsächlich wieder nach Deutschland zurückzuschicken. Offensichtlich versucht man, die Deportierten wieder loszuwerden und sie nicht dorthin zurückkehren zu lassen, von wo sie drei Jahre zuvor gewaltsam fortgebracht wurden. Von ihren Höfen, aus ihren Häusern.

Tischler begleitet den Zug nach Klagenfurt, gemeinsam mit den Briten und anderen Slowenenvertretern in einer etwas anderen Eskorte.

Die Rückkehrer sind erleichtert, denn sie sind nun davon überzeugt, endlich heimfahren zu dürfen. Es kommt aber anders.

Die darauffolgenden Tage werden Katja und ihre Familie mit anderen aus den Lagern heimkehrenden Familien in den Ruinen der sogenannten «Jesuitenkaserne» unweit des Klagenfurter Domes untergebracht. Hier in diesem improvisierten Lager mitten in der Stadt sollen sie weitere Tage ausharren, statt nach Hause in ihre Dörfer fahren zu dürfen. Hier im Klagenfurter Lager ist das Essen für Katja ungenießbar. Gemeinsam mit den anderen Deportierten sitzen sie fest. Soll gar der Öffentlichkeit verheimlicht werden, dass die Deportierten zurück sind? So etwas spricht sich doch in einer so kleinen Stadt wie Klagenfurt rasch herum.

Es ist nun also das vierte Lager, in dem sie sich seit dem 14. April 1942 befinden. Ebenthal – Glasow – Eichstätt – Klagenfurt.

Befreite Zwangsarbeiter mit ihren Familien, alle gebürtig aus Kärnten, werden mitten in Klagenfurt festgehalten, wieder dauert es Tage und es braucht eine neuerliche Intervention.

Es ist, als müsste Zeit gewonnen werden. Als müssten sie, die zurückkommen, dankbar sein, dass sie nun auf Kärntner Boden interniert werden. Als müsste ihnen gezeigt werden, dass sie nicht willkommen sind.

Dann erst kommen die Sturms nach Hause, nach Zinsdorf, wo ein völlig devastierter Toman-Hof auf sie wartet. Bei der Befreiung in Eichstätt wussten sie, dass sie zu den Siegern gehören. Zurück in Kärnten sind sie sich da nicht mehr so sicher.

Auch wenn der Hof völlig verwüstet ist, wäre es falsch zu behaupten, dass die Sturms am Hof keine gute Seele vorfinden, als sie endlich heimkommen. Die Kanaltaler, die alles was nicht niet- und nagelfest war abtransportiert haben, liessen nämlich eine alte, schwerhörige Frau, die für sie gearbeitet hatte, zurück. Sie heißt Maria Ritsch und will den Hof nicht verlassen, als die Kanaltaler wieder verschwinden. Also ist sie noch da, als die Sturms nach Hause kommen. Maria bleibt bei ihnen, allerdings kann sie kaum noch arbeiten und ist äußerst schwerhörig. Sie bleibt, wäscht Geschirr ab und kehrt die Küche und den Gang, wenn sie es noch schafft.

Nach ihrer Rückkehr ist es auch nicht so, dass die Sturms von den Bauern in der Umgebung willkommen geheißen werden oder ihnen Hilfe beim Neuanfang angeboten wird. Niemand aus der Nachbarschaft kommt auf die Idee den Sturms die Hand zu reichen. Dass sie zurück sind, hat sich aber längst herumgesprochen, denn wie sollte sonst so bald schon Otto Dermuth auf den Toman-Hof kommen, der nicht hier in der Nähe vom Magdalensberg daheim ist, sondern der aus St. Martin in Klagenfurt den Weg bis zum Toman-Hof auf sich nimmt. Dermuth stammt aus einer bekannten Bauern- und Gastwirtschaftsfamilie und ist aus seiner eigenen politischen Tätigkeit in der Zeit vor dem «Anschluss» mit Katjas Vater gut bekannt. Er bringt den Sturms auf seinem Pferdewagen einige Säcke Getreide, für den Anfang. Dermuth ist im ersten Stadtsenat Klagenfurts nach dem Krieg für Ernährungsfragen und Gewerbe zuständig. Zinsdorf gehört aber nicht zu Klagenfurt und damit auch nicht zu seinem Zuständigkeitsbereich. Otto

Dermuth überschreitet also seine politischen Kompetenzen, er kann ganz offensichtlich nicht anders, er muss den Sturms, nachdem er von ihrer Rückkehr aus der Zwangsarbeit erfahren hat, einfach helfen.

Nach Dermuth sind es, abgesehen von ein paar alten Freunden wie den Hölzels aus Klagenfurt oder auch den Lesjak-Brüdern, die ebenfalls zurückgekommen waren, von offizieller Seite nur der Graf und die Gräfin Czernin mit einem Teil ihrer Kinder, die eine offizielle Aufwartung beim Toman machen. Sonst bleiben die Zurückgekehrten auf sich alleine gestellt.

Von den Nachbarn aus den nächsten Dörfern findet niemand seinen Weg auf den Toman-Hof. Begegnet man einander in den folgenden Jahren, so verhält man sich, als wäre nichts geschehen, als wären die Sturms nicht drei Jahre zur Zwangsarbeit verschleppt worden und als wäre Veri, das älteste Kind, dort nicht ermordet worden. Durch das unaufhörliche Ignorieren der Umstände, das Wegschauen der anderen, wird es nicht einfacher für sie in einer Gesellschaft, die durch den nationalsozialistischen Terror so nachhaltig beeinträchtigt ist.

Viele Jahrzehnte später wird Katja immer noch mit einer Lüge konfrontiert, die beständig weitererzählt wird: die Sturms hätten ihren Hof als nur «Wiedergutmachung» von einer deutschsprachigen Familie bekommen.

Nach dem Krieg kommen nicht nur die deportierten Familien zurück, sondern auch die Freunde und Verwandten, die mit viel Glück ihre Jahre in den Konzentrationslagern überlebt haben, wie Onkel Franc, einer der Brüder von Katjas Mutter, der die Haft im KZ Dachau überstanden hat. Sie erfahren aber auch, dass die Gril-Großmutter in der Zwischenzeit gestorben ist und auch vom Hungertod Onkel Franjos in Stein bei Krems an der Donau. Nach aller Freude über die Befreiung in Eichstätt ist ihnen kaum noch feierlich zu Mute, als sie nach ihrer feindseligen Odyssee endlich Zuhause ankommen.

Der Hof ist völlig leergeräumt. Weder das Vieh, das sie 1942 zurücklassen mussten, noch irgendein Werkzeug oder Möbel haben die Kanaltaler zurückgelassen. Die Kraner, so der Familienname dieser Leute, haben einfach alles nach Camporosso mitgenommen. So auch den Traktor, auf den Andrej Sturm so stolz war und den er doch erst kurz vor der Deportation gekauft hat. Er läuft von einer Behörde zur anderen, um sein Eigentum zurückzubekommen. Da ist niemand, der ihm helfen will. Sie stellen sich alle taub, wenn der Sturm aus Zinsdorf wieder um Hilfe bittet. Viele Jahre später wird das behördliche Archivmaterial freigegeben und Katja geht schließlich ins Archiv, um den Akt zu ihrer Familie und dem Toman-Hof durchzuschauen. Dort findet sie ein Schreiben der Landwirtschaftskammer, die dem Kanaltaler Bauern die Erlaubnis erteilt, er könne mit dem Traktor nach Italien fahren. Es ist tatsächlich die gleiche Behörde, die Katjas Vater trotz mehrmaliger Bitten jegliche Unterstützung untersagt.

Am Hof fehlen aber nicht nur der Traktor, Werkzeug und Tiere, auch der Großteil der slowenischen Bücher, die von den Sturms bei der Deportation zurückgelassen wurden, sind nicht mehr da. Allen ist klar, dass ihre Bücher nicht mitgenommen, sondern vielmehr vernichtet wurden. Nur ein paar wenige Bücher liegen noch achtlos im Haus herum. Alles, was sie sich erarbeitet haben, alles, was der Großvater mit aller Mühe geschaffen hatte, ist zerstört.

Katjas Vater ist ein nachsichtiger Mensch, er will einfach nur den Traktor wieder am Toman-Hof haben, der für die Arbeit auf den Feldern unerlässlich ist. Die Anschaffung eines neuen Gerätes ist unmöglich, gibt es doch so kurz nach dem Krieg noch gar keine neuen Landmaschinen. Schließlich wird eine Inventarliste mit den fehlenden Gütern erstellt und Andrej Sturm bekommt eine lächerliche Entschädigungssumme angeboten: Er akzeptiert sie nicht, stattdessen beauftragt er in dieser Angelegenheit einen Rechtsanwalt. Nachdem er in Ebenthal drei Jahre zuvor eine Liste aller beweglichen und unbeweglichen Güter erstellen musste, ist diese neuerliche Liste eine zu viel.

Eine Weile nachdem die Sturms zurück sind, taucht eines Tages ohne Anmeldung Frau Kraner samt einer Kommission am Toman-Hof auf, um ihr eigenes Tun zu rechtfertigen und dabei auch noch unverschämte Ansprüche zu stellen.

Kraner selbst ist, nachdem sie ins Kanaltal zurückgekehrt sind, nie mehr zum Toman zurückgekommen. Aber lange Jahre heißt es, dass die Kinder der Kraner regelmäßig bis ins nahegelegene Reigersdorf kommen, um von dort auf «ihren ehemaligen Besitz» hinunterzublicken.

Viele Jahre später gehört es zu den kleinen Freuden Mirko Schnabls, dem Ehemann Katjas, mit ihr zum Kaffeetrinken nach Tarvis oder Udine zu fahren. Von Zinsdorf ist es ja nur ein Katzensprung nach Italien. Als die beiden in den 1990er-Jahren auf einen Kaffee ins Kanaltal fahren, erzählt ihnen der

Besitzer des Cafés vom ehemaligen Hof seiner Eltern in Kärnten. Er beschreibt das Anwesen und Katja erkennt, dass er vom Toman-Hof spricht. Dann erst lenkt sie ihren Blick auf die Speisekarte, auf der der Name des Besitzers steht: Eduardo Kraner. Katja betritt dieses Café nie wieder.

Nach ihrer Rückkehr aus dem Lager ertappt sich Katja bald dabei, einen besonderen Tick zu entwickeln, über den sie sich selbst schrecklich ärgert. Jedes Mal, wenn jemand ein freundliches Wort an sie richtet, beginnt sie zu lächeln, obwohl ihr gar nicht danach ist. Diese neue Angewohnheit bringt sie dazu wohlgemeinte Freundlichkeiten abzulehnen, gleichzeitig verzweifelt sie über ihre eigene merkwürdige Reaktion. Innerlich zerreißt es das junge Mädchen fast, äußerlich lächelt sie reflexartig.

Frieden und Rückkehr bedeutete für Katja aber nicht nur ihr Leben als ältestes Kind am Toman-Hof zu erlernen und Begegnungen mit wohlgesonnenen Erwachsenen, Frieden und Rückkehr bedeuteten auch, dass sie im Herbst 1945 endlich die Schule besuchen darf. Sie ist von einem unbändigen Hunger nach Bildung erfüllt, der sie innerhalb eines Schuljahres den gesamten Lehrplan der Volksschule absolvieren lässt.

Katja ist nun kein Lagerkind mehr. Sie ist frei, zurück am elterlichen Hof, und muss sich nicht mehr jeden Moment fragen, ob sie nicht alles richtig gemacht hat, denn niemand taucht mehr auf und schreit sie an, dass sie in ein anderes Lager muss. Ravensbrück, Auschwitz, Bergen-Belsen. Ravensbrück.

Sie ist kein Lagerkind mehr. Sie hat überlebt. Steht ihr das zu? Darf sie auf der Welt sein, wo sie doch gar nicht die vernünftige Tochter ist. Darf sie da sein, wo sie doch noch nicht so viel Verantwortung übernehmen kann, wie es Veri getan hat.

Katja ist kein Lagerkind mehr. Aber sie hat noch immer den Umhang, und das Lagerkind, das sie einmal gewesen war, wird ihr nie mehr abhandenkommen. Sie hat in Eichstätt so lange davon geträumt, nun ist sie endlich wirklich ein Schulkind. Drei Jahre lang war ihr jegliche Bildung vorenthalten worden und nun stürzt sie sich mit vollem Herzen nicht nur um ihrer selbst willen in das Abenteuer Lernen, sondern verschlingt alles Wissen, das ihr geboten wird, auch für ihre ermordete Schwester Veri, die doch mit einem so großen Eifer und ihrer so eigentümlichen Ernsthaftigkeit gerne in die Schule ging.

Katja darf nun auch in die Schule, und das nicht nur für ein Jahr, wie es Veri vergönnt blieb, schließlich war sie das überlebende Kind, dem in der Zeit, in der sie aufwächst, alle Wege offenstehen. Alle.

Auf ihren schmalen Kinderschultern drückt zentnerschwer eine vermeintliche Schuld und dazu eine unermesslich große Verantwortung der Überlebenden gegenüber den Toten.

Sie muss sich nach der Rückkehr nicht mehr am Rockzipfel der Mutter festhalten, sich nicht mehr hinter der Mutter verstecken. Katja hat sich durch ihre Eigenbrötlerei im Lager eine Selbstständigkeit geschaffen und ist trotz aller Einschüchterungen, die auf sie einprasselten, mutiger geworden. Nach der Rückkehr ist es nun auch an der Zeit für ein Foto der Ältesten der Toman-Kinder, das nicht einfach nur irgendwo gemacht wird, sondern bei einem richtigen Fotografen in der

Stadt. Katja wird also ins Fotostudio Tollinger gebracht, das sich bis heute im Haus zur Goldenen Gans, zwischen Landhaus und Alter Platz, befindet. Sie hat ihre beiden blonden Zöpfe ordentlich über die Schultern gelegt, sie lächelt scheu in die Kamera und es scheint, dass hinter ihrem Lächeln mehr steckt, als nur sie selbst. Es sind die bitteren Jahre im Lager und die Hoffnung auf eine gute, freudvolle Zukunft, die ihr gleichermaßen aus dem Gesicht blicken.

Zum Tollinger können Slowenen nach dem Krieg ohne Bedenken gehen, denn es ist über Klagenfurt hinaus bekannt, dass sich der Fotograf Walter Tollinger während der NS-Zeit klar gegen den Nationalsozialismus ausgesprochen hat und deshalb 1944 in Graz hingerichtet wurde. Bei den anderen Fotostudios in Klagenfurt sieht es mitunter etwas schwieriger aus. Jahre später wird Katja mit ihrem jüngsten Bruder Marjan in eines der anderen bekannten Klagenfurter Fotostudios gehen und weil die beiden dort miteinander Slowenisch sprechen, während sie warten, werden sie kurzerhand hinausgeworfen.

Während Andrej Sturm bei den ersten Gemeinderatswahlen nach dem Krieg als parteiloser Slowene wieder in den Gemeinderat von St. Thomas am Zeiselsberg gewählt wird, absolviert seine neunjährige Tochter den Lehrstoff von vier Jahren innerhalb kürzester Zeit. Es ist ein atemloses Aufsaugen des Volksschulunterrichts und Katja weiß innerhalb dieses ersten Jahres daheim, dass sie fort will vom Hof, wenigstens eine Zeit lang. Sie bittet ihre Eltern für eine Weile zu Tante Franca Zikulnik, einer der älteren Schwestern ihrer Mutter, nach St. Martin nahe Völkermarkt ziehen zu dürfen, von wo sie die

Hauptschule in Völkermarkt besuchen kann. Die Schule liegt eine Stunde Fußmarsch von der Tante entfernt. Der Wunsch wird von den Eltern ohne lange Diskussion erfüllt und sie darf für ein ganzes Schuljahr fort. Auch wenn Völkermarkt und Zinsdorf nicht in allzu großer Entfernung voneinander liegen, taucht Katja für dieses Jahr doch in eine andere Welt ein. Bei Tante Franca ist alles anders als zuhause. Hier gibt es eine ganze Reihe an älteren Cousins und sie muss nicht ihre neue Rolle als älteste Schwester ausfüllen, wie sie es in den Jahren seit Veris Tod gelernt hat und wie es am Toman-Hof notwendig geworden war.

Bei den Zikulnigs muss Katja keine Verantwortung übernehmen. Sie ist hier die Jüngste im Haus und wird, so wie es ihrer Tante und ihren Cousins nur möglich ist, nach Strich und Faden verwöhnt. Natürlich weiß sie, dass Francas Familie nicht in einem Lager war, vier der fünf Cousins waren in der Wehrmacht, und damit war die Familie Francas vor einer drohenden Deportation in Sicherheit. Durch das Fehlen der jahrelangen Lagererfahrung herrscht bei den Zikulnigs auch deutlich weniger Schwere und Ernsthaftigkeit vor, als am Toman-Hof. Hier fehlt kein Kind, dessen Todesumstände unaussprechlich sind. Bei Tante Franca ist Katja für dieses Schuljahr gut aufgehoben. Hier kann sie versuchen zu heilen, was im Lager zerbrochen ist. Hier ist sie keinen Augenblick lang das Lagerkind, das sie noch immer bedrängt. Bei Tante Franca wird viel miteinander gelacht. Sie mag die Stunden des gemeinsamen Gesangs ganz besonders gerne, wie bei der abendlichen Arbeit im Stall.

Hier hat Katja eine Leichtigkeit vorgefunden, die daheim am Toman-Hof nach allen traumatischen Erfahrungen einer Unmöglichkeit gleichkommt.

Nach dem vereinbarten Jahr bei Tante Franca kehrt sie schließlich wieder zu ihrer Familie zurück: Sie soll nun in eine weiterführende Schule in der Stadt gehen. Darauf legt Zofija großen Wert. Katja muss nach Klagenfurt, wo sie mit dem Humanistischen Gymnasium eine deutschsprachige Schule besucht.

Als sie 1947 mit dem Gymnasium in Klagenfurt beginnt, wird ihrem Vater Andrej Sturm im gleichen Jahr das politische Mandat von Seiten der Kärntner Landesregierung ohne jegliche Begründung wieder entzogen, trotz deutlicher Proteste anderer Gemeinderatsmitglieder. Er ist ratlos und hat nach den Jahren der Zwangsarbeit und dem Tod von Veri keinerlei Kraft mehr, um sich noch einmal um ein Mandat zu bemühen oder gar den Kulturverein wie nach dem Plebiszit von 1920 neu aufzubauen.

Zofija Sturm wird bald nach der Rückkehr mit ihrem fünften Kind schwanger. Anton, von allen Tonči genannt, kommt 1946 zur Welt. Katja soll nun für drei Brüder die Rolle der ältesten Schwester übernehmen. Wie soll das funktionieren? Es war schon für die zwei Brüder nicht einfach. Wie soll sie nun auch noch Tonči eine älteste Schwester sein, so wie es die Eltern, wie es die ganze Familie von ihr erwartet. Es wird noch ein Bruder folgen: Ein paar Jahre später, 1951, kommt Marjan zur Welt. Bei ihm wird sie schon mehr Übung haben als älteste Schwester.

Die Anstrengungen des Weiterlebens im befreiten Kärnten sind für die Familie eine große Herausforderung. Der Krieg hat alles verändert, das ganze Leben am Hof, nicht nur durch die beständige, offene Wunde von Veris Tod. Das samstägliche gemeinsame Gebet für die Ahnen und Veri ist eine Stütze.

Am Hof wird viel über Veronika und die anderen Toten in der Familie gesprochen, wenn auch über Veris Todesumstände von der Mutter kein Wort verloren wird. Noch wissen die Geschwister nicht, wie ihre Schwester starb. Noch wissen sie nur, dass sie nicht mit ihnen heimgekommen ist und sie ihnen jeden Moment fehlt.

Immer wieder bemüht sich die Familie Veri Platz zwischen den Lebenden einzuräumen und sie nicht ins Nirwana entschwinden zu lassen. Oft wird darüber gesprochen, was Veri in diesem Jahr nun schon alles gemacht hätte, und Katja versucht der so lange Schatten werfenden Schwester nachzueilen, ohne sie jemals einholen zu können.

So viel Raum den Toten gegeben wird, so wenig wird über die Deportation selbst gesprochen. Katjas jüngstem Bruder Marjan wird erst klar, dass seine eigene Familie eine der deportierten slowenischen Familien war, als er bereits in die Hauptschule geht. Er wird sich später für die slowenische Volksgruppe politisch stark engagieren, ganz in der Tradition seines Vaters. Von der Deportation erfährt er von seinen drei älteren Geschwistern Katja, Andrej und Franci. Die Eltern verlieren kein Wort darüber.

Katja, Andrej und Franci wissen voneinander, dass die Deportation und die Jahre im Lager in ihren Erinnerungen völlig unterschiedliche Spuren hinterlassen haben. Sie sprechen miteinander darüber und versuchen einen Umgang zu finden und am Leben nicht zu verzweifeln. Alle drei wissen auch, dass die andauernde Bedrohung bei Franci aufgrund des Alters wohl fast nur unbewusst wahrgenommen wurde und deshalb bei ihm wohl am meisten angerichtet hat. Er konnte sich, anders als Katja und Andrej, nicht einmal im geringsten wehren. Sie müssen weiterleben, auch wenn sie schon bald wissen, dass das Leben niemals so sein wird, wie sie es sich in Eichstätt erhofft haben, nach dem Sieg und der Kapitulation Deutschlands.

Es besteht vielleicht keine unmittelbare Bedrohung mehr, sofort wieder alles zu verlieren, aber sie wissen, dass es nie mehr so werden kann wie vor dem «Anschluss», vor der Deportation. Es wird nach der Rückkehr so vieles am Hof nicht mehr geben. Am meisten fehlt das Lachen von Veri.

Die Rituale in der Familie, etwa das samstägliche Gebet, können die Pfeile, die auf sie kontinuierlich abgeschossen werden, nicht stoppen. Sie nehmen nicht die Angst vor dem nächsten Angriff, dem nächsten Rauswurf, die nächste Anpöbelei, weil sie in der Öffentlichkeit noch immer Slowenisch sprechen, aber sie helfen der Familie, um nach allem was passiert war, doch irgendwie weiterleben zu können.

Noch ist den Sturms der enteignete Hof offiziell nicht überschrieben worden, auch wenn seitens der Landespolitik schon bald nach Kriegsende entsprechende Bekenntnisse öffentlich kundgetan werden. Bekenntnisse zur Rückgabe sind eine Sache, dass sich die notwendigen Entschädigungen über Jahre verschleppen eine andere. Gerade auch bei den Sturms dauert es, die Restitution des Toman-Hofes wird zu einer mühevollen Angelegenheit. Erst 1949 und nach dem 2. Restitutionsgesetz ist es endlich so weit und der Hof gehört wieder ihnen. Ordnungsgemäß. Bis dahin steht in den ersten Nachkriegsjahren weiterhin die «Deutsche Ansiedlungsgesellschaft», die Himmler unterstellt war, im Grundbuch. Die Kanaltaler Familie Karner, die den Hof nach der Deportation der Sturms 1942 übernahm, hatte ihn ja lediglich gepachtet.

Katjas Onkel Anton muss sogar bis 1954 um die Rückgabe seines Besitzes mit Hilfe eines Wiener Anwalts prozessieren. Mitunter kam es auch vor, dass die Kanaltaler einfach 1945 auf den Höfen blieben und keinerlei Anstalten machten sie zu verlassen, wie etwa auf dem Mori Hof von Onkel Mihael. Als er mit seiner Familie aus der Deportation zurückkehrt, ist die Kanaltaler Familie noch auf dem Hof und versteht nicht, dass sie nun wieder fortmüssen. Sie hatten den Hof schliesslich nicht gepachtet, wie die Kraners und der Großteil der Kanaltaler, sondern gekauft. Auch für Onkel Mihael wird es ein jahrelanges, langwieriges Ringen um die Restitution seines Hofes.

Zofija Sturm hat schon vor der Deportation größten Wert darauf gelegt, dass sie ihre Töchter zur Selbstständigkeit erzieht. Nun ist nur mehr die eine übrig, Katja. Und Katja soll keine Bäuerin werden, wie sie selbst, auch wenn Zofija mit ihrem Obst und den Eiern, die sie an Klagenfurter Geschäfte verkauft, ein selbständiges Einkommen hat. Studieren soll sie. Wie schon vor dem Krieg und vor der Deportation ist ihre

Mutter auch nach der Rückkehr aus dem Lager eine Verfechterin der ökonomischen Unabhängigkeit von Frauen und sie zitiert weiterhin gerne ihr feministisches Vorbild Aleksandra Kollontai. Dabei erwähnt sie nicht selten, vielleicht auch wegen ihrer kontinuierlichen Schwangerschaften, Kollontais berühmtes Zitat «Mit einem Mann zu schlafen ist nicht mehr als ein Glas Wasser zu trinken». Als Katja 16 Jahre alt wird und die Gefahr besteht, dass sie ihre Tochter beim Wort nehmen könnte, hört sie mit diesem berühmten Zitat Kollontais auf. Zofija Sturm ist weiterhin von der Notwendigkeit einer Ausbildung von Katja überzeugt und wiederholt diese Ansicht gebetsmühlenartig.

«Eine Frau braucht einen Beruf» sagt sie, «eine Frau darf nicht vom Mann abhängig sein» und schließlich weiß sie «eine Ehe ist keine Versicherung». Katja verinnerlicht diese Vorgaben ihrer Mutter und nimmt alles an, was ihr an Bildung geboten wird, so als würde sie es nicht nur für sich selbst tun, sondern immer auch für ihre tote Schwester.

Für Andrej Sturm ist die Frage der Schulbildung seiner Tochter jedoch nicht ganz so eindeutig zu beantworten, ob es nun tatsächlich die richtige Entscheidung sei, Katja nach Klagenfurt aufs Gymnasium zu schicken und dann vielleicht zum Studium in eine andere Stadt.

Würde dann nicht auch seine zweite Tochter verschwinden? Die beiden Tanten Mica und Neža sehen in Katjas höherem Schulbesuch nichts anderes als reine Zeitverschwendung, sie sind schließlich davon überzeugt, dass Katja eher früher als später doch einen Bauern aus der Umgebung heiraten würde.

Wozu also die ganze Bildung, die ihr auf einem Bauernhof unnütz wäre. Die Vorstellung, Katja könnte auf einen anderen, ebenso großen «Herrenhof» heiraten, ist aber nichts, was ihre Eltern befürworten. Ganz aus der Luft gegriffen ist eine solche Zukunft für die Tochter auch nicht, hat sie doch im etwa gleichaltrigen Luis während ihrer Jugend einen treuen Verehrer, der schließlich der Sohn und Erbe eines großen Hofes ist. Auch wenn es diesen Verehrer gibt und auch wenn Katja so früh noch nicht weiß, was sie werden will, eines weiß sie genau: Sie muss aus dem Dorf fort, in die Welt hinaus, um zu studieren. Klagenfurt oder gar nur eines der Nachbardörfer wird nicht genügen, um den Hunger nach der Welt zu stillen. Dass es dabei aber immer auch ein Zurückkommen auf den Toman-Hof und nach Zinsdorf gibt, steht für sie außer Frage. Sie wird die Insel, die ihr Großvater geschaffen hat, nie ganz verlassen.

Viele Jahre später, im Herbst 1964, als beide Eltern gleichzeitig im Krankenhaus sind und der 18-jährige Tonči, der Hoferbe, bei einem Arbeitsunfall drei Finger seiner linken Hand verliert und ebenfalls in Klagenfurt im Spital liegt, wo eine aufwendige Hauttransplantation versucht wird, wird Katja aus Wien nach Hause eilen und so lange es notwendig ist, den Hof bewirtschaften.

Katja bringt ihren erstgeborenen Sohn Borut mit, denn es steht außer Frage, dass diese Aufgabe nicht in ein paar Tagen erledigt ist. So lange will sie ihr Kind nicht vermissen müssen. Gemeinsam mit ihrem jüngsten Bruder Marjan, der gerade 13 Jahre alt ist, bewirtschaftet sie für ein paar Wochen den

Hof. Diese Aufgabe zu übernehmen entspricht Katjas verinnerlichter Verantwortung, die sie schon als kleines Mädchen gemäß den gängigen patriarchalen Strukturen am Hof erlernt hat, die sie diese Aufgabe nicht in Frage stellen ließen, ohne eine grundsätzliche Gegenleistung zu verlangen. Wann es die Arbeit am Hof zulässt, besucht sie während dieser Wochen die Eltern und ihren Bruder Tonči im Klagenfurter Landeskrankenhaus.

In den Ställen stehen 20 Kühe, 20 Ochsen mit Jungvieh und 150 Schweine, die alle tagtäglich von Katja und Marjan versorgt werden. Aus dem frühmorgendlichen Melken wird ein Spiel zwischen den Geschwistern und Franciska, der Frau ihres Cousins Josip vom benachbarten Morič-Hof. Wem gelingt es, die frische Milch als erstes zur Abholstelle oben bei der Bundesstraße zu bringen. Marjan geht in dieser Zeit immer am Nachmittag in die Schule und kann so mit seiner Schwester die notwendige Arbeit am Hof zu den üblichen Zeiten verrichten. Anders als viele Generationen vor ihm, besucht Katjas jüngster Bruder das neue Bundesgymnasium für Slowenen. Noch verfügt das Gymnasium aber über kein eigenes Gebäude, es ist im Lerchenfelder Gymnasium untergebracht und der Unterricht für die slowenischen Kinder und Jugendlichen findet deshalb nur am Nachmittag statt. Es ist anzunehmen, dass die zuständigen Behörden daran zweifeln, dass es genügend Schüler geben würde. Erst als sie letztlich akzeptieren, dass es dieses Gymnasium dringend braucht, wird ein Schulgebäude errichtet.

Katja und Marjan buhlen mit ihrer Arbeit nicht um die Übernahme des Hofes. Weder der jüngste Sohn noch die Tochter müssen sich darum bemühen, eine würdige Vorstellung abzugeben. Dennoch kümmern sie sich nach besten Wissen um den Hof, und der Tierarzt ist bei seinen Besuchen darüber erstaunt, in welch guter Verfassung die Tiere in den Ställen sind.

Marjan beginnt in den 1970er-Jahren Geschichte zu studieren und die Frage nach der Hoferbschaft überlassen Katja und er den drei mittleren Brüdern Andrej, Franci und Tonči.

Schule

Katja verbringt ein Jahr in der Volksschule und ein Jahr in der Hauptschule in Völkermarkt, dann ist es schließlich so weit und sie wird mit 11 Jahren zur Gymnasiastin und beginnt die gestohlenen Jahre im Lager wieder aufzuholen.

Am Toman-Hof entscheidet man sich gegen das Ursulinen-Gymnasium als höhere Schule. Schließlich ist sie jetzt das einzige Mädchen in der Familie, der alles geboten werden soll. Alles an möglicher Bildung. Die Schulschwestern im Ursulinen-Gymnasium entsprechen nicht dem, was sich vor allem Zofija Sturm für ihre Tochter erwartet. Also wird sie ins humanistische Gymnasium nach Klagenfurt geschickt und lernt dort mit einer ihr eigenen schier unbändigen Gier nach Wissen. Da ist nichts an kontrollierter Zurückhaltung im Spiel. Sie will alles aufsaugen.

Die drei langen Jahre im Lager, in denen sie von der Schule nur geträumt hat, trägt sie mit sich. Ihre Schwester, der das alles versagt bleibt, trägt sie mit sich. Katja fordert sich. Es ist, als würde einer Verhungernden endlich Nahrung aufgetischt. Und Katja beweist jenen, die ihr Bildung vorenthalten wollten, dass sie alles kann. Alles. Und alles für Veri, die für immer die Achtjährige bleibt, immer diejenige, die Medizin studieren wollte und die nicht einmal ihr erstes Schuljahr vollständig absolvieren durfte, weil die *Nemci* sie fortgetrieben haben, in eine Fremde, aus der sie nicht mehr zurückkommen konnte.

In den ersten Nachkriegsjahren ist es für ein Kind nicht gerade einfach, täglich von Zinsdorf nach Klagenfurt in die Schule zu kommen. Also suchen die Eltern einen Kostplatz in der Stadt, wo sie während den Schultagen wohnen kann. Sie verbringt dann nur mehr die Wochenenden daheim am Toman-Hof. Katja wird in Klagenfurt bei Frau Malle, einer verwitweten Frau aus Salzburg untergebracht, die sich dadurch ihre Einkünfte etwas aufbessern kann. Frau Malles Enkelin Erika, «Puppi» genannt, wohnt ebenfalls bei ihr. Ab und zu bekommt Katja auch Puppis Mutter zu Gesicht. Sie ist Krankenschwester und ebenfalls verwitwet.

«Puppi» ist etwa im gleichen Alter und machte sich in einer seltsamen kleinstädtischen Überheblichkeit über Katja lustig, da sie von einem Bauernhof kommt. Was das überhaupt genau für ein Hof sein soll, soweit reicht das Interesse an dem fremden blonden Mädchen nicht.

Frau Malle hat auch kein Verständnis dafür, dass Katja ständig lesen will. Und weil sie nicht begreift, welchen Nutzen Lektüre haben kann, wird ihr verboten, vor dem Schlafengehen im Bett noch zu lesen. «Licht aus!», so das Gebot. Am ersten Wochenende zuhause erzählt Katja ihrem Vater von diesem Verbot und bekommt eine Taschenlampe geschenkt, damit sie unter der Bettdecke weiterlesen kann. Einer Sturm das Lesen zu verbieten, geht schließlich gegen jedes Verständnis des Vaters.

Jeden Donnerstag ist in Klagenfurt auch nach dem Krieg wieder Markttag für die Bauern der Umgebung. Als wäre nichts geschehen. Ob sich jemand wundert, dass plötzlich wieder die slowenischen Bauern da sind und ihre Produkte verkaufen?

Auch Andrej Sturm fährt nun wieder in die Hauptstadt, und holt seine Tochter Katja nach dem Markt von der Schule ab, um mit ihr Essen zu gehen. Und auch wenn die beiden den einen oder anderen Konflikt miteinander austragen und Katja ihren Vater mit Schweigen bestraft, bleibt er konsequent dabei und steht am Donnerstag vor der Schule, wenn sie mit ihrer Schultasche herauskommt. Jeden einzelnen Donnerstag. Meist geht er mit ihr zum Jannach oder in ein anderes der vornehmen Restaurants in Klagenfurt. Um ein Klagenfurter Restaurant wird Andrej Sturm allerdings stets einen großen Bogen machen, niemals geht er zum Sandwirth, denn im dazugehörigen Hotel stieg Hitler ab, als er Klagenfurt besuchte.

Nach einer Weile wird der Kostplatz in der Stadt wieder aufgegeben. Katja radelt nun jeden Tag zwischen Schule und Toman-Hof hin und her und darf an den Abenden wieder ohne Taschenlampe lesen.

In den ersten Jahren im Gymnasium lernt Katja sehr leicht, sie ist eine begabte Vorzugsschülerin. Aber später entwickelt sie einen deutlichen Widerwillen gegen die Schule, denn sie muss erkennen, dass ihre Lehrer zum größten Teil bereits in der NS-Zeit unterrichtet haben und dementsprechendes Gedankengut auch nach 1945 weiterverbreiten. Der deutschnationale Mief drängt sich aus dem Lehrerzimmer und durch die Schulklassen. Witze über das «Vergasen» gehören zu den gängigen Späßen unter ihren Klassenkollegen und Katja ist erschüttert, dass niemand ein Problem mit diesen menschenverachtenden Witzen zu haben scheint. Auch wenn sich ihre Mitschüler darüber amüsieren für welchen Lehrer sie denn ein Konzentrationslager bauen wollen, kann sie dafür kein Verständnis aufbringen. Sie lacht nicht mit, damit bleibt sie ausgegrenzt. Sie weiß von den Konzentrationslagern und den Millionen Toten. Haben denn die anderen keine Ahnung von all den Barbareien der Nazis? Wissen die anderen nichts von den Deportationen, von der sogenannten «Aussiedlung» der Slowenen, die erst ein paar Jahre zuvor passiert ist oder interessiert sich einfach niemand dafür. Niemand heuchelt Interesse. Niemand will es wissen.

Das zarte blonde Mädchen Katja war eine der «ausgesiedelten» Slowenen. Deportiert und eingesperrt. Die Ignoranz ihr gegenüber in der Schule spiegelt die Umgebung außerhalb der Familie und des engsten Freundeskreises wider. Niemand im Land will wirklich wissen, wie es den Rückkehrern geht, niemand interessiert sich dafür, was sie erlebt haben. Dafür gilt alles öffentliche Interesse jenen Vätern, die in der Wehrmacht waren und aus der Kriegsgefangenschaft zurückkehren. Die Schicksale jener, die von den Nazis als wertvolle Mitglieder der deutschen Volksgemeinschaft verstanden wurden, berühren die Menschen. Von den überlebenden Opfern will niemand ernsthaft etwas wissen, weder im Klassenzimmer noch sonst wo.

Katja wird das Gefühl nicht los, als hätte all das, was ihrer Familie widerfahren ist, die Deportation und die Jahre in Rehnitz und im Eichstätter Lager, hinter einem Spiegel stattgefunden. Alles was sie in der Deportation und mit dem Verlust ihrer Schwester Veri erlitten haben, existiert nur außerhalb des Blickfelds der anderen. Die große Mehrheit ist mit dem Vergessen und Verdrängen ihres eigenen Tuns beschäftigt. Mit dem Vergessen, und wie in den Witzen nicht zu überhören, auch mit der Verhöhnung der Opfer. Damit man sich nichts überlegen muss.

Die Mehrheit will ungestört weiterleben und betrachtet die für die nächsten Jahre noch anwesenden britischen Befreier weiterhin nur als Besatzer. Für viel zu viele war noch immer der «Anschluss» 1938 die eigentliche Befreiung, nicht der 8. Mai 1945.

Katja wagt kein Einschreiten, wenn in der Klasse die «Vergasungs»-Witze gemacht werden, sie erlaubt sich keine Widerrede, wenn die Geschichte verdreht wird. Sie ist erschüttert und bleibt still. Sie hat Angst davor was ein Einschreiten, ein Einmischen zur Folge hat. Sie würde wieder zum Lagerkind degradiert werden. Ihre Berechtigung hier zu sein, würde in Frage gestellt werden. Katja zieht den Umhang wieder enger.

Es ist ihr unmöglich auch nur ein Wort darüber zu verlieren, was da alles falsch ist, an diesen immer wiederkehrenden Witzen und der selbstgefälligen Ignoranz der anderen.

So bleibt sie also in der Klasse über die Jahre still, wenn es um Politik geht und entschließt sich dafür nach längerer reiflicher Überlegung, gerade genug zu lernen, um in jedem einzelnen Fach mit einem Genügend durchzukommen. Von ihrer Leidenschaft fürs Lernen dürfen ihre Lehrer nichts wissen, so wissbegierig sie auch ist. Die guten Noten, die sie eigentlich bekommen könnte, interessieren sie nicht mehr. Genügend.

Mehr will sie nicht, denn mehr würde einer Aufgabe ihrer Prinzipien gleichkommen, die sie auf dem Weg zum roten Bus getroffen hat, damals am 14. April 1942. Es wäre nichts anderes als eine Überantwortung ihrer selbst. Genügend. Jene Lehrer, die nun zwar offiziell als «Ehemalige» gelten, aber ansonsten keinen Bruch in ihrer Biografie im neuen Österreich zu erwarten haben, sind für Katja nichts anderes als eine Fortsetzung der *Nemcis* aus dem Krieg. Gut, sie tragen zwar keine Uniformen und drohen auch nicht mit der Verschickung in ein Konzentrationslager. Indem sie aber diese Meinungen und Weltansichten jener weitertragen, die genau das getan haben, mit den Juden, Roma und Sinti, mit Zeugen Jehovas und Homosexuellen, mit Kranken, politisch Andersdenkenden und mit Slawen wie Katjas Familie, sind sie die Gralshüter des «Dritten Reichs». Genügend genügt Katja vollkommen.

Es ist nicht so, dass sich Ende der 1940er und Anfang der 1950er-Jahre eine Form von Unterstützung in der Gesellschaft außerhalb der eigenen Familie und des engsten Umfelds innerhalb der slowenischen Gemeinschaft findet. Wie sollte sie in diesem Klima den notwendigen Widerspruch gegenüber rechten Lehrern überhaupt artikulieren können? Wenn die Opfer über das Erlittene ohnehin kaum sprechen können, wie sollen sie zueinander finden und sich gegen die fortwährenden Erniedrigungen der Mehrheit wappnen?

Katja ist über längere Zeit das einzige Mädchen in der Klasse und wird auch deshalb von den Buben ausgegrenzt. Was sollen sie schon mit einem Mädchen anfangen, das mit ihnen einfach nur befreundet sein will, das mit ihnen lernt und so anders ist als die anderen Mädchen, die sie kennen. Erst in der vierten Schulstufe kommt mit Traudl Priesner ein zweites Mädchen in die Klasse. Die beiden freunden sich an, doch bald zieht die Familie von Traudl für einige Jahre in die USA. Gerade rechtzeitig vor dem Maturajahrgang kommt sie zurück. Gemeinsam fühlen sich die Mädchen unbesiegbar. Die Herkunft der beiden engen Freundinnen kann nicht unterschiedlicher sein, Traudls Elternhaus ist faschistisch geprägt und anders als bei Katja am Toman-Hof kennt Traudl körperliche Züchtigungen als Erziehungsmethode ihres Vaters. Katja und Traudl bleiben Freundinnen, auch wenn sich ihre Lebenswege nie mehr so eng verknüpfen wie in der Schulzeit, bis Traudl viel zu früh stirbt.

Im Klagenfurter Humanistischen Gymnasium der Nachkriegsjahre gehören Mädchen für die Buben auch schlichtweg nicht in ihren Alltag, Mädchen besuchen die Ursulinen und andere höhere Schulen wie die Haushaltungsschule in der Stadt und lassen die Buben hier ungestört unter sich sein. Und auch wenn sie das einzige Mädchen in der Klasse ist, so ist sie wenigstens nicht die einzige Schülerin mit slowenischer Herkunft. Es gibt slowenische Buben in ihre Klasse, meist vom Gymnasium in Tanzenberg, wo sie für das katholische Priesterseminar vorbereitet werden. Tanzenberg und Katjas Gymnasium gehören zusammen. Katja kann keinen Schritt auf die «Tanzenberger», wie diese slowenischen Buben in ihrer Klasse genannt werden, zu machen und auch sie schaffen es in ihrem klerikalen Selbstverständnis nicht, zu ihr eine wie auch immer geartete Nähe durch die gemeinsame Muttersprache herzustellen. Was hätten sie auch tun können, die Buben, die fast Pfarrer geworden wären? Ob einer von ihnen das gleiche durchmachen musste wie Katja? Es wird nicht darüber gesprochen.

Sie wurde deportiert. Sie war ein Lagerkind. Sie sah ihre Großmutter mütterlicherseits das letzte Mal im Sammellager in Ebenthal. Ihre Schwester wurde ermordet.

Haben sie ähnliche Erfahrungen gemacht? Es wird nicht darüber gesprochen. Sie bleiben ohne Ahnung voneinander. Vielleicht könnte es so etwas wie ein sprachloses Verständnis geben, wenn sie nur einen Schritt aufeinander zu machen könnten. Dieser Schritt aber bleibt unmöglich.

Trotz allem ringt Katja weiterhin um Akzeptanz. Ihre Versuche um Anerkennung gehen in der Oberstufe so weit, dass Katja die Burschen ihrer Klasse regelmäßig zum Mosttrinken und Reiten auf den Toman-Hof einlädt. Ihre Mutter bewirtet die immer wieder auftauchende Horde zwar in ihrer großen Gastfreundschaft, erfreut ist sie über die wilden Buben aber nicht. Den mütterlichen Ärger bekommt nur Katja zu Gesicht. Der Wille dazuzugehören ist für Katja bedeutender, als der Ärger mit ihrer Mutter, den sie gerne riskiert. Andrej Sturm hingegen freut sich, wenn er mit den Burschen nach dem sattellosen Reiten bei Most ein paar Stunden zusammensitzen und diskutieren kann.

Was immer Katja in den Sinn kommt, um die Stimmung zu ihren Gunsten und die allgemeine Akzeptanz zu steigern, sie wird nie in der Mitte der Klasse ankommen, sie wird nie wirklich dazugehören, egal wie draufgängerisch sie auch ist.

Sie reibt sich weiter auf, will, dass ihre Anwesenheit nicht nur wahrgenommen wird. Dort in die Mitte, wo alle anderen stehen, will sie hin. Unverdrossen geht Katja also auch mit zum Tanzkurs, obwohl sie niemand zum Tanz auffordert. Sie tut, was möglich ist und bleibt doch immer abgekoppelt, immer wieder findet sie sich in der Position einer Bittstellerinnen. Weit über die Schulzeit hinaus. Immer wieder kommt das slowenische Lagerkind durch. Immer wieder.

Ein Schulausflug bringt die Klasse eines Tages zum Schlittenfahren auf den Loibl. Wie es genau dazu kommt, dass das zarte Mädchen mit dem großgewachsenen Werner aus der Parallelklasse auf dem Schlitten landet, weiß niemand so genau. Die beiden rodeln den ganzen langen Weg vom Loibl am Ausgang des Tunnels, der nach Jugoslawien führt und von KZ-Häftlingen erbaut worden war, bis nach Unterberg hinunter.

Auf dem Weg stürzen die beiden. Katja hat Glück, kann unverletzt wieder aufstehen und sich den Schnee aus der Kleidung schütteln. Werner zerreißt sich dabei nicht nur die Hose, sondern trägt auch einige Schnittwunden davon. Mit diesem spektakulären Sturz ist beiden für kurze Zeit die anerkennende Aufmerksamkeit sicher. Werner Schneyder wird später in seinem ersten Buch diesen Rodelunfall mit Katja am Loibl verarbeiten.

Katja erträgt die Schulzeit schwer, was rund um sie herum geschieht, erschüttert sie in ihren Grundfesten. Nach der Deportation und den Erlebnissen im Lager sind diese Schuljahre für sie eine Fortsetzung des Grauens. In ihr reift mehr und mehr der Entschluss, hinaus in die Welt zu gehen, hier in

Kärnten droht sie zu ersticken. Sie will nicht von jenen, die den Krieg verloren haben, besiegt werden.

Vier Jahre nach der Befreiung beschließt Andrej Sturm im Jahr 1949 zum ersten Mal wieder nach Eichstätt zu fahren. Er will nach dem Grab von Veri sehen. Zofija verweigert die Reise, an ihrer Stelle wird ihn Katja begleiten. Jedes weitere Jahr wird Andrej Sturm vergeblich seine Frau fragen, ob sie nicht doch mitkommen will.

Zum Anlass dieser Reise darf sich Katja in einem der besseren Modegeschäften der Stadt am Neuen Platz etwas «von der Stange» aussuchen. Gekauftes Gewand ist bei den Sturms eine Seltenheit, denn in den vornehmen Geschäften der Stadt kann man die Rechnung nicht mit Kartoffeln und Schmalz begleichen. Neben einem neuen schicken Mantel aus hellem khaki-farbenem britischen Militärstoff wählt sie ein wadenlanges dunkelblaues Kleid mit zartrosa Spitzenkragen und eines mit beige-rotem Hahnentrittmuster.

Sie genießt es, mit dem Vater unterwegs zu sein, hinaus aus der Enge des Alltags. Diese Reise ist ein kurzes Entkommen aus den Zwängen in der Schule und der Trauer zuhause am Hof. 1949 ist eine Reise nach Deutschland ein wahres Abenteuer, sie benötigen Visa, um überhaupt einreisen zu dürfen. Sie wissen beide noch nicht, dass sie diese Reisen zu Veris Grab über all die Jahre bis zum Tod von Andrej Sturm fortsetzen werden. Immer werden die beiden die Reise nach Eichstätt machen, immer Katja und ihr Vater. Und immer wird diese Reise nach Eichstätt etwas Besonderes für die beiden bleiben. Nach dem Tod des Vaters wird sich Marijan, Katjas jüngster Bruder, mit ihr auf den Weg nach Eichstätt machen. Zum Grab der Ältesten, die für immer die Jüngste der Toman-Kinder bleiben wird.

Im gleichen Jahr wird in Klagenfurt der 10. Oktober, der Tag der Volksabstimmung von 1920, erstmals in der Zweiten Republik groß gefeiert. Schulkinder werden dazu verpflichtet an diesem in Kärnten eigentlich schulfreien Tag bei den Feierlichkeiten in der Landeshauptstadt Spalier zu stehen. Als Katjas Klassenvorstand Webersdorfer diese Aufgabe für alle verkündet, nimmt sie ihren ganzen Mut zusammen und zeigt auf. Ihre Eltern würden ihre Teilnahme am Spalier nicht erlauben, sagt sie schüchtern. Dem Klassenvorstand läuft das Gesicht rot an. Er schreit haltlos, in seinem Ärger scheint er kein Ende finden zu können und schüchtert das 13-jährige Mädchen so ein, dass sie ein sicheres Zerwürfnis mit ihren Eltern in Kauf nimmt. Auch von Schulseite wird sie nicht von der Weisung entbunden. Sie fährt also am 10. Oktober 1949 zum gemeinsamen Spalierstehen mit den anderen Schülern nach Klagenfurt. Ihre Eltern sind, wie auch kaum anders zu erwarten, zutiefst getroffen.

Am Tag zuvor findet die zweite Nationalratswahl in der Zweiten Republik statt. Leopold Figl und die ÖVP verlieren die absolute Mehrheit. Der Verband der Unabhängigen (VdU) tritt als Sammelbecken der «Ehemaligen» zum ersten Mal bei einer Wahl an und gewann österreichweit 11,7% der Stimmen. Viele dieser Stimmen gehören früheren NSDAP-Mitgliedern, die bei den ersten Wahlen 1945 noch nicht wahlberechtigt waren. Die linke Kärntner Tageszeitung *Der Volkswille* beklagt in seiner Ausgabe am 11. Oktober 1949 den Rechtsruck in Kärnten, wo der VdU ebenfalls deutliche Gewinne erzielt. Wie viele der VdU-Wähler nahmen wohl an den Feierlichkeiten zum 10. Oktober teil, an der Katja Spalier stehen musste?

Im darauffolgenden Jahr und passenderweise zum 30. Jahrestag der Volksabstimmung beginnt eine ganz besondere Tradition am Toman-Hof: Slowenische Schülerinnen und Schüler werden am 10. Oktober 1950 eingeladen, um «offiziell» bei der Kartoffelernte zu helfen. Sie stehen damit jeglichen weiteren Volksabstimmungs-Aufmärschen in Klagenfurt nicht mehr zur Verfügung. Schließlich gehen Hilfeleistungen in bäuerlichen Betrieben allen Feiertagsverpflichtungen vor.

Auch wenn sie nicht mehr dazu gezwungen werden kann bei den Aufmärschen der Deutschnationalen in Klagenfurt am Straßenrand zu stehen, es wird für Katja in der Schule nicht einfacher mit den Anforderungen der Mehrheitsgesellschaft zurecht zu kommen. Eines Tages wird vom Klassenvorstand ein Formular an die Schüler ausgeteilt, in dem die Muttersprache der Kinder erhoben wird. Sie schreibt in die dafür vorgesehene Zeile «Slowenisch». Webersdorfer sieht das Mädchen erbost an und schreit: «Sturm, du schreibst hier Slowenisch! Warum? Was soll das?» Sie versteht nicht was den Lehrer so in Rage versetzt, sie hat doch nur ihre Muttersprache in die dafür vorgesehene Zeile geschrieben. Was hätte sie sonst eintragen sollen?

Auch fünf Jahre nach der Befreiung muss sich Katja noch hinter ihrem Umhang verstecken, die Schreierei des Lehrers versetzt sie wieder zurück nach Eichstätt. Sie ist die Einzige in der Klasse, die vom Lehrer so angebrüllt wird. Angebrüllt, wie im Lager. Wie in Eichstätt. Sie zeigt weder Webersdorfer noch der Klasse, wie sehr sie sich bedroht fühlt. Sie kann dem Lehrer nicht die Antwort geben, die er vielleicht hören wollte, wie «Entschuldigung, Herr Professor, das war ein Versehen.» Katja wird ihre slowenische Muttersprache nie verleugnen, auch wenn ihr dies wieder und wieder Verhöhnungen beschert. Diese erniedrigenden Augenblicke zeigen ihr auf, dass sie nicht dazu gehört. Niemand tröstet sie nach dem Wutausbruch des Klassenvorstands. Niemand aus der Klasse versucht ihr beizustehen. Niemand.

Auch wenn sich nach der Rückkehr am Hof so vieles verändert hat, gewisse Dinge bleiben immer die gleichen. Katjas Mutter lässt sich weiterhin englische Kostüme schneidern und die Tanten Mica und Neža bekommen, wie schon vor der Deportation, regelmäßig ihre dunklen, der Mode der Jahrhundertwende entsprechenden, gleichförmigen schwarzen Kleider, die Zofija mit kopfschüttelndem Erstaunen zurücklassen. Säckeweise Kartoffeln und Schweineschmalz sind die Währung, für die die Sturm-Frauen ihre Kleider genäht bekommen. Katja beginnt sich auffällig und alles andere als sittsam zu kleiden, anders als man es von einer Jugendlichen in den 1950er-Jahren in der österreichischen Provinz erwarten würde.

Für ihre moderne Hochwasserhose sorgt aber keine der Schneiderinnen, sondern ein Knecht, Herr Jože. Er ist gelernter Schneider und flüchtet in der Nachkriegszeit aus Jugoslawien nach Österreich, wo er am Toman-Hof zu arbeiten beginnt. Später wird er sich in Tirol niederlassen, vorerst aber ist er mit Katjas neuester Hosenmode beschäftigt. Die Mutter lässt sie gewähren, die Tanten schlagen die Hände über den Köpfen zusammen und der Vater ist zutiefst verwirrt, als er seine Tochter in kurzen Hosen sieht. So etwas hat es am Hof noch nicht gegeben, eine Toman-Tochter in kurzen Hosen.

Das Wirtschaftswunder der 1950er-Jahre ist schließlich auch am Toman-Hof zu spüren und Katja bekommt, als sie alt genug dafür ist, von ihrem Vater einen Lohner Roller geschenkt, das österreichische Pendant zur italienischen Vespa. In ihrem Wunsch dazuzugehören, kommt der Roller gerade recht, da sie in der Schule damit für großes Aufsehen sorgt. Sie genießt es, denn sie ringt noch immer darum, von ihren Mitschülern endlich akzeptiert werden, was ihr letzten Endes nie ganz gelingen wird.

Die permanente Ausgrenzung durch die Klassengemeinschaft legt für Katja einen weiteren Grundstein für die in ihrem Leben immer wiederkehrende Außenseiterrolle. Lange nach der Schulzeit wird ihr in akademischen Zusammenhängen vorgeworfen, sie reagiere überempfindlich, weil sie im Lager war. Ihr wird unterstellt mit ihrer Vergangenheit als Lagerkind, die ja kein Geheimnis war, andere permanent an deren Schuld zu erinnern. Ihr wird damit ihre Anwesenheit abgesprochen, ja geradezu vorgeworfen. Immer wieder wird versucht ihr Steine in den Weg zu legen, sehr oft mit dem Hinweis auf die drei Jahre Kindheit im Lager. Es sind kontinuierliche Vorwürfe, Katjas bloße Anwesenheit wird oft schon als Affront verstanden.

Das Gefühl in der Gesellschaft unerwünscht zu sein, begleitet sie über viele Jahre vor allem in offiziellen Belangen. Egal ob es Amtswege sind, Arztbesuche oder Situationen im Laufe ihrer Karriere, wo sie angemessene Forderungen stellen sollte: Sie ist durch ihre traumatisierenden Erfahrungen blockiert und lässt sich von ihren Gegenübern rasch aus der Fassung bringen. Es wird zu einer bitteren Angewohnheit, sich in solchen Augenblicken zurückzuziehen und den anderen das Feld zu überlassen.

Nicht selten kommt es auch vor, dass auf ihre Vorlage des Opferausweises von Beamtenseite mit den Worten: «Schon wieder so eine» reagiert wird. Wie soll ein Mensch mit einem guten, offenen Herzen auf andere zugehen können, wenn die Ablehnung einem so dermaßen direkt ins Gesicht geworfen wird?

Wie soll das deportierte Kind in dieser Gesellschaft, die einem wieder und wieder vorwirft, dass man zu den Opfern gehört, in Frieden leben können? Katja beginnt ihre Interessen nach außen zu verschieben. Für sie wird relevanter, was in Frankreich oder in Jugoslawien vor sich geht. Sie reist so häufig wie möglich nach Frankreich und nimmt an zahlreichen Slawistik-Seminaren in der UdSSR und in Jugoslawien teil. Österreich macht es ihr so schwer, dass Katjas Hinwendung zu anderen Ländern die logische Konsequenz auf die jahrzehntelange Ausgrenzung ist.

Fort

Kurz bevor Katja maturiert, kommt Onkel Pavel aus Jugoslawien zu Besuch auf den Toman-Hof und weil sie noch immer unschlüssig ist, was sie studieren soll, gibt er ihr deutlich zu verstehen, dass es nur zwei Studien gibt, die ernsthaft in Betracht gezogen werden können: Theologie und Medizin. Ersteres ist für Katja ausgeschlossen. Aber da der von ihr bewunderte Cousin Vinzenz Arzt geworden war und Katja sich in den frühen 1950er-Jahren wie so viele junge Menschen einer romantischen Verklärung der Arbeit von Ärzten wie Albert Schweitzer hingibt, überlegt sie ernsthaft Medizin zu studieren, obwohl ihre Schwester Veri im Lager von einem NS-Arzt ermordet wurde und sie selbst durch die unzureichende Behandlung der eigenen Scharlach-Erkrankung einseitig das Gehör verloren hat.

Es sind keine langen Überlegungen, die sich Katja hier erlaubt. Wichtig scheint im Augenblick nur, dass sie aus Kärnten fortkommt. Wien wird schließlich der richtige Ort, um ihr Studium zu beginnen.

Bald aber fragt sie sich, ob sie um Veris Willen mit dem Medizinstudium begonnen hat. Studiert sie Medizin, weil sie wirklich Ärztin werden will, oder ist es ein Weg, um mit dem Verlust ihrer Schwester fertig zu werden, die so gerne Medizin studieren wollte. Katja kann Veris Leben nicht fortführen. Sie weiß nicht einmal, ob Veri mit 18 Jahren überhaupt noch Medizin hätte studieren wollen. Vielleicht hätte sie ohnehin

Rechtswissenschaften oder Biologie inskribiert, oder sich für etwas völlig anderes entschieden.

Katja muss sich aber um ihr eigenes Leben kümmern, um ihre Interessen und ihre Zukunftspläne. Wo will sie hin und wie stellt sie sich ihr weiteres Leben vor? Weiß sie das schon 1954, als sie nach Wien zieht, um hier zu studieren?

Noch waren die Alliierten in Österreich und sie sucht sich bewusst eine Wohnung in der Sowjetischen Zone, nach allen schlechten Erfahrungen, die sie mit den Briten in Kärnten gemacht hat. Durch die russische Literatur, die sie durch ihre Mutter schätzen und lieben gelernt hat und nicht zuletzt auch durch die Begegnungen mit den sowjetischen Kriegsgefangenen in Eichstätt fühlt sie sich den Russen verbunden. Den in der Besatzungszeit gängigen Gräuelgeschichten über die Sowjets misstraut sie und findet schließlich in der Schaumburggasse im 4. Bezirk ihre erste Wiener Wohnung.

Wie es sich für eine slowenische Studentin in Wien gehört, besucht sie mit einer gewissen Regelmäßigkeit den 1946 neugegründeten Klub der Kärntner slowenischen Akademiker in Wien, dem *KSŠŠD, Klub slovenskih študentk in študentov na Dunaju*, den es bereits seit 1923 gab und der, wie alle anderen Vereine, 1941 von den Nationalsozialisten verboten wurde.

Noch verfügt der Klub über keine eigenen Räumlichkeiten, die Studierenden treffen sich vor allem in den verschiedensten Kaffeehäusern der Stadt. Bei diesen Zusammenkünften taucht auch bald der großgewachsene Mirko Schnabl auf, der Katjas Aufmerksamkeit rasch für sich gewinnt. Er ist fünf Jahre und hat ein völlig anderes Auftreten als die anderen jungen Männer, die regelmäßig zu den Klubtreffen kommen. Mirko entspricht vielleicht nicht unbedingt den Vorgaben des «perfekten Schwiegersohnes», aber er ist unterhaltsam und selbstständig und es dauert nicht lange bis aus Katja und ihm ein Paar wird.

Die beiden verbindet eine gewisse Abenteuerlust und Freigeistigkeit, die ihnen über viele Jahrzehnte eine gute, wenn auch nicht unbedingt traditionelle Ehe beschert.

Mirko kommt gebürtig aus Zahomec im Oberkärntner Gailtal, verbringt aber einen Teil seiner Kindheit in Klagenfurt, wo er unter dem Einfluss des Pfarrers von St. Ruprecht Hilfsdienste für eine Widerstandsgruppe übernimmt. Auf diese Weise kommt er auch dazu, Botendienste für die Partisanen zu erledigten. Mirko ist kein Student, als er sich in Katja verliebt, er verdient schon längst sein eigenes Geld im Import/Export-Bereich. Seine riskanten Geschäfte und sein abenteuerlicher Zugang zum Thema Lohnarbeit führen aber zu ökonomisch Problemen, die für die Familie nicht immer ganz einfach sind.

Der Abenteuerlust der beiden entsprechend wird am 8. März 1957 in Ljubljana spontan geheiratet. Ohne unnötigen Aufwand, einfach nur am Standesamt mit den dafür notwendigen Zeugen. Ihre Eltern informiert Katja von der Eheschließung mit einer Postkarte «Z Mirkom sva se poročila», schrieb sie, «Mirko und ich haben geheiratet». Ihre pragmatische Mutter begrüßt die Schlichtheit der Hochzeit.

Katja wuchs in dem Bewusstsein auf, dass die eigene Volksgruppe bedroht und bedrängt wird und sie weiß, dass dies auch oft durch Ehen slowenischer Frauen mit deutschsprechenden Männern in Kärnten passiert. Selten, dass da noch ein Wort Slowenisch in diesen Familien gesprochen wird und die Kinder aus diesen Ehen wachsen kaum zweisprachig auf. Die Germanisierung setzt sich im kleinsten Kern der Gesellschaft fort. Sie kennt zu viele Geschichten von Kärntnersloweninnen, die nur hinter verschlossener Tür mit ihren Freundinnen leise Slowenisch sprechen und denen in der eigenen Familie kein Wort ihrer Muttersprache über die Lippen kommt. Diese Frauen sind für die ohnehin beständig kleiner werdende slowenische Gemeinschaft verloren und Katja will keine von ihnen werden. Ein slowenischer Ehemann, dazu noch einer, der eine derartige politische Vergangenheit hat, besser kann es nicht kommen. Allein ihre Erinnerung an jenen Tag, als sie von den lauten, bedrohlichen *Nemci* aus dem Haus zum roten Bus getrieben wurde, ist zu lebendig. Wie hätte sie jemals einen Mann heiraten sollen, der kein Slowene war?

Katja und Mirko bleiben in Wien. Nicht lange nach ihrer Eheschließung reist das junge Paar eines Tages in das Heimatdorf von Mirko, wo Katja nicht besonders freundlich aufgenommen wird. Die Beziehung der beiden scheint den Menschen im Ort zu wenig traditionell, zu gleichberechtigt. Sie begegnen Katja nur mit Vorbehalt. Ein enges Band entsteht zwischen Katja und Mirkos Familie nie. Wien bleibt die richtige Wahl.

Auch in ihrer eigenen Familie gibt es Vorbehalte gegenüber Mirko. Nicht alle sehen in ihm den idealen Ehemann. Dann wird Katja schwanger, bricht das Medizinstudium ab und 1960 kommt ihr erster Sohn Borut zur Welt. Dass sie als Studienabbrecherin und nun mit einem Kind nach Kärnten auf Besuch kommt, wird nicht von allen als positive Entwicklung in ihrem Leben wahrgenommen und Mirko zugeschrieben.

Katja beschleicht das Gefühl, sie müsse unbedingt weiterstudieren, sobald Borut aus dem Gröbsten draußen wäre, um den Buben nicht für ihre Entscheidung zum Studienabbruch, die in der Familie als «Versagen» ausgelegt wird, büßen zu lassen. Vier Jahre nach Borut-Sergej folgt mit Bojan-Illja der zweite Sohn. Und sie legt sich auch bald einen Plan zurecht: Wenn die beiden Buben schließlich in die Schule gehen würden, will sie wieder studieren.

Medizin hat Katja längst aufgegeben, nun kann es nur noch Slawistik werden. Sie will, ja sie weiß es mittlerweile, sie muss ihre eigene Identität wissenschaftlich aufarbeiten. Als Zweitfach wählt sie aus ästhetischen Gründen «Kunstgeschichte und Byzantinistik». Auch die Begegnungen mit den Kriegsgefangenen aus der Sowjetunion in Eichstätt und die Leidenschaft ihrer Mutter für die russische Literatur haben ihre Entscheidung untermauert. Und als ihre Söhne schliesslich das Lycée in Wien besuchen, fängt sie wieder an Französisch zu lernen.

Sie genießt die Zeit als Studentin an der Slawistik, fühlt, dass sie in ihrem Element angekommen ist und weiß noch nichts davon, dass ihr jüngster Bruder Marjan 1970 nach Hermagor fahren wird, um dort die einsprachige Ortstafel mit dem entsprechenden slowenischen Namen Šmohor eigenhändig zu ergänzen. Marjan ist gerade einmal 19 Jahre alt und studiert Geschichte. Er weiß lange nichts von der Opfergeschichte der eigenen Familie und ist ein zorniger junger Mann. Dass er für die slowenische «Beschriftung» der Ortstafel verantwortlich ist, bleibt kein Geheimnis. Er wird angezeigt und ein Gerichtsverfahren ist unumgänglich. Als Katja davon erfährt, versucht sie gemeinsam mit Mirko dem 19-jährigen Bruder so gut es geht zu helfen, denn sie wissen, sollte es in Kärnten zu einem Verfahren kommen, wäre eine Hexenjagd vorprogrammiert. Also setzen sich die beiden dafür ein, dass der Prozess nicht im emotional aufgeladenen Kärnten über die Bühne geht, sondern in einem anderen Bundesland. Die Entscheidung des Gerichts fällt auf Leoben.

Katja ist den beiden nach dem Krieg geborenen Brüdern eine gute ältere Schwester, manchmal hat sie sogar das Gefühl, sie wäre so etwas wie eine Ersatzmutter, sind die Eltern doch alles andere als jung – bei Marjans Geburt ist Zofija Sturm 46 Jahre alt und Andrej Sturm 56. Also ruft sie in den Tagen nach Marjans Festnahme wiederholt bei der Polizei an und gibt sich als seine Mutter aus. Sie argumentiert in einem fort: «Mein Sohn ist minderjährig, was glauben Sie eigentlich?»

Nach längerer Suche findet sie dank ihrer Freundin Toni Spira schließlich einen Anwalt aus Wien, denn sie weiß, dass es keinen Sinn macht, einen Anwalt aus Kärnten zu engagieren. Egal aus welcher Volksgruppe ein Kärntner Jurist auch kommen würde, er wäre auf jeden Fall vorbelastet, und das können sich die Sturms in einer solchen Situation einfach nicht leisten.

Marjans Prozess findet 1972 statt und zieht auch internationale Aufmerksamkeit auf sich: In Ljubljana gehen Menschen für ihn auf die Straße, aber auch in Kärnten erreicht das Verfahren eine enorme mediale Öffentlichkeit. Eines Nachts fahren zwischen 20 und 30 Autos auf den Toman-Hof und die Fahrer stellen ihre Fahrzeuge rund um das Auszugshaus der Eltern auf. Stundenlanges Hupen begleitet von hellerleuchteten Scheinwerfern sollen die Sturms einschüchtern, der Mob will, dass Marjan weiß, dass sie ihn jederzeit finden. Man mag sich fragen, erwartet sich der Mob etwa, der so beängstigend auf dem Hof in Erscheinung tritt, dass Marjans Familie ihren jüngsten dazu auffordert, er möge selbst eine hohe Strafe für seine Tafelbeschriftung in Hermagor einfordern oder geht es schlichtweg darum, eine vermeintliche Macht zu demonstrieren. Im eingekesselten Haus befinden sich die Eltern, Zofija und Andrej Sturm. Sie sind mit der Situation völlig überfordert und alleine.

Nach wenigen Verhandlungstagen bleibt von der Anklage kaum etwas übrig, außer der Punkt «Beschädigung öffentlichen Gutes». Marjans Anwalt fragt nach, ob die Ortstafeln ohnehin nicht jedes Jahr gereinigt werden würden und die Antwort ist eindeutig: «Ja, aber dieses Jahr noch nicht.» Die minimalen Aufwandskosten werden vom Richter mit den Worten «Ob denn alle spinnen?» quittiert.

Der Akt wird geschlossen.

Im Herbst des gleichen Jahres folgt der berühmt-berüchtigte pogromartige «Ortstafelsturm» in zahlreichen Kärntner Gemeinden. Die bedrohliche, nächtliche Auffahrt der hupenden Autos am Toman-Hof scheint wie eine Ouvertüre zu den heftigen Ausschreitungen, die ein Schandmal der Kärntner Nachkriegszeit werden.

Katja bleibt während dem gesamten Prozess gegen ihren Bruder bedeckt im Hintergrund. Sie unterstützt aus der Ferne, während sie vor allem mit ihrer Dissertation beschäftigt ist. Dazu interviewt sie auch immer wieder ihren Vater, bringt sie doch die Recherche oft nach Kärnten, denn sie schreibt ihre Arbeit über slowenische Dialekte im Klagenfurter Becken.

Ein Jahr nach dem Prozess promoviert Katja. «Skrajni čas» lautet der Kommentar ihrer Mutter «Das wurde auch Zeit». Als Katja zu ihrer Mutter daraufhin sagt «Aber Mutter, Sie müssen mir gratulieren», ringt sich Zofija Sturm ein «čestitam» ab, «Gratulation».

Katja beginnt an der Akademie der Wissenschaften zu arbeiten, wo sie wissenschaftliche Mitarbeiterin der Kommission für Byzantinistik wird. Sie beschäftigt sich in ihrer Arbeit mit der Erstellung des *Prospographischen Lexikons der Palaiologenzeit* und erkennt bald, dass viele ihrer Kollegen ihre Karrieren in den Jahren des NS-Herrschaft begonnen haben. An der Akademie wissen die Kollegen von Katjas Herkunft und Vergangenheit, allein ihre zweisprachige Visitenkarte wird mitunter mit abfälligem Stirnrunzeln quittiert. Einer ihrer Kollegen, ein gewisser Dr. Beyer, macht sich einen besonderen Spaß daraus judenfeindliche «Scherze» abzusondern, wenn sich Katja in Hörweite befindet. Die Übergriffe durch Beyer bleiben sowohl von Kollegen als auch von der Leitung unkommentiert. Dieser Umgang ist für Katja unerträglich. Als es wieder zu einem antisemitischen Ausfall von Beyer kommt und er vor versammelter Kollegenschaft meint «Sie waren schon lästig, diese Juden, was hätten wir mit ihnen anderes tun sollen?» und niemand darauf reagiert, beschwert sich Katja bei ihrem Vorgesetzten. Der beschwichtigt und verharmlost die Aussagen, ebenso wie Katjas Kollegen. Sie solle ihn nicht so ernst nehmen, man wüsste doch, dass er ein Spinner sei. Dieser Umgang ist für Katja schwer zu ertragen. Niemand denkt daran, dass solche Aussagen als Wiederbetätigung angezeigt werden müssen. In ihrer Verzweiflung konsultiert Katja Erwin Ringel, der ihr schließlich den Rat gibt: «Überlegen Sie als gelernte Österreicherin, ob sie an ihrer Arbeitsstelle etwas ändern können, wenn nicht, dann kündigen Sie.» Katja verlässt die Akademie und nimmt einen Lehrauftrag am Slawistik-Institut der Universität Wien an, aber auch dort muss sie jahrelang um berufliche Anerkennung kämpfen, und darum, ernst genommen zu werden. Später wird sie erfahren, dass Beyer einer fanatisch nationalsozialistischen Familie entstammt, seine Mutter soll noch im Frühling 1945 vom Endsieg Deutschlands fantasiert haben.

Während Katja aber noch an der Akademie arbeitet und sich dort über Wasser zu halten versucht, sterben ihre Eltern innerhalb nur weniger Tage. Andrej Sturm verstirbt am 28. Februar 1978. Der Hof ist längst an Tonči übergeben und Katja befindet sich wenige Tage später noch in Zinsdorf bei ihrer Mutter, als sie am 3. März 1978 stirbt.

Auch nach dem Tod der Eltern wird Katja den Umhang noch lange tragen müssen. Es werden Jahrzehnte vergehen, bis sie endlich ihr eigenes Überleben anerkennen und die vermeintliche Schmach der Lagerhaft, die ihr über so viele Jahre unterstellt wird, ablegen kann. Nun kann sie endlich den

Umhang, den sie sich am 14. April 1942 umgelegt hat, fallen lassen. Verzeihen wird sie den Nationalsozialisten nie, was sie ihrer Schwester und so vielen Millionen von Kindern angetan haben. Niemals.

Epilog

Traumata bestehen, bis sie aufgelöst werden. Sie verschwinden nicht von selbst, sie graben sich ins Unterbewusste, setzen sich dort fort und werden weitergetragen, so lange, bis sie endlich aufgearbeitet werden.

Aus dem Lagerkind, dessen Erlebnisse Katja über so viele Jahrzehnte mit sich weitertrug, das durch die Deportation der Eltern und der eigenen traumatisiert war, wurde schließlich ein «Child Survivor», eine Überlebende, die sich zum Zeitpunkt der Traumatisierung mitten in ihrer kindlichen Entwicklung befand.

Als «Child Survivor» besucht sie Schulen und hält vor Schülerinnen und Schülern Vorträge als Zeitzeugin. Katja reist zu internationalen Treffen und tauscht sich mit anderen «Child Surviors» aus. Wie ähnlich doch ihre Schicksale auch nach der Befreiung waren. Wie ähnlich auch ihre Träume sind, die sie auch über 75 Jahre nach der Befreiung immer noch heimsuchen.

Währenddessen gründet ihr Bruder Marjan in Kärnten die Konsensgruppe und gibt Bücher heraus, die eine Verständigung zwischen den Volksgruppen in Kärnten fördern sollen. Seine ausgestreckte Hand gerade gegenüber Josef Feldner vom Kärntner Heimatdienst bringt Marjan massive Anfeindungen von slowenischer Seite ein.

Auch die Familie ist von Marjans Bestrebungen anfangs nicht begeistert. Aber sie unterstützen ihn dennoch, wie es dem Familiesinn der Sturms entspricht.

2016 gibt Katja gemeinsam mit ihrem jüngeren Sohn Bojan die umfangreiche dreibändige *Enzyklopädie der slowenischen Kulturgeschichte in Kärnten/Koroška von den Anfängen bis 1942* heraus, für die sie eine Auszeichnung erhalten. Die Enzyklopädie erscheint auf Deutsch. Ihnen ist es mit dieser umfangreichen Arbeit ein Ansinnen, dass Deutschsprechende einen Zugang zur Kultur der Slowenen erhalten. Die Freude bei der Veröffentlichung nach der jahrelangen und mitunter sehr schwierigen Arbeit ist für Katja befreiend.

Ein Jahr später wird bei ihrem älteren Sohn Borut metastasierender Lungenkrebs diagnostiziert. Die Therapien kommen zu spät. In der Zwischenzeit wird auch ihr Mann Mirko schwer krank und stirbt noch vor seinem Sohn. Zwei Jahre hält Borut durch, erleidet nach anfänglichen guten Ergebnissen devastierende Rückschläge in der Therapie und stirbt schließlich 2019 in dem Auszugshaus seiner Großeltern beim Toman, das mittlerweile seiner Mutter Katja gehört. Sie hat in diesen beiden Jahren ihr gesamtes Leben dem schwerkranken Sohn gewidmet und träumt in den Nächten, während Borut so gleichmütig gegen den Krebs kämpft, von ihren eigenen Schmerzen. Tagsüber, wenn sie ihren Sohn versorgt, sind diese Schmerzen fort, nur in der Nacht stürzen sie in ihren Träumen auf sie ein.

Borut hat aus zwei Beziehungen zwei Töchter hinterlassen, Vesna-Patricia und Nikolaija-Nika. Vesna pflegt zu ihrer Großmutter Katja eine besonders innige Verbindung, mit 16 Jahren zieht sie zu ihrer Großmutter, um bei ihr zu leben.

Wenn man Katja heute in Zinsdorf besucht, gibt es vor dem

Haus noch die Rampe, über die Borut mit dem Rollstuhl von seiner Mutter in den Garten gefahren oder von seinem Bruder Bojan getragen wurde. Ein Stück hinter dem Haus wachsen Brombeersträuche, die er im barocken Ensemble gepflanzt hat, passend zum barock angelegten Toman-Hof, den sein Urgroßvater Franc unter so großen Anstrengungen erbaut hatte und der heute von Boruts Cousin Saša so modern betrieben wird, dass ihm die wohlwollende Zustimmung seiner Grossmutter Zofja Sturm sicher wäre.

Am Friedhof wird nach dem Tod von Mirko und Borut das Familiengrab erneuert. Katja kümmert sich um neue Grabsteine und um Fotografien der Verstorbenen. Auch Veri, deren Grab sich noch immer in Eichstätt befindet, ist hier verewigt. Dass sie im Lager ermordet wurde, wird auf dem Grab nicht verheimlicht. Katja hat schon dafür erste Anfeindungen aus dem Ort vernommen. Die, die nicht daran erinnert werden wollen, was den Slowenen in den Jahren des Naziterrors widerfahren ist, sind immer noch da. Aber Katja tut, was sie tun muss, um ihrer Schwester zu gedenken. Sie wird wieder nach Eichstätt fahren. Und vielleicht kann sie eines Tages die sterblichen Überreste ihre Schwester endlich nachhause überstellen lassen. Der Schatten von Veri ist kürzer geworden.

Die slowenischen Kinder im Zwangsarbeitslager Eichstätt. 1942. Obere Reihe (v.l.n.r.): Veronika Sturm, Katja Sturm, Kristine Camlek, Licsa Camlek, Anči Camlek, Adele Camlek. Untere Reihe: Nanti Camlek, Andrej Sturm, Stanko Jelen. © Katja Sturm-Schnabl/Privat

Evelyn Steinthaler, geb. 1971 in Celovec/Klagenfurt, Autorin, Übersetzerin und Lehrbeauftragte, zahlreiche Veröffentlichungen, u.a. *Peršmanhof. 25. April 1945»*